KB123901

로크미디어가
유혹하는
재미있는 세상

ROK
MEDIA
로크미디어

다시 사는
재벌가
망나니

다시 사는 재벌가 망나니 7

2021년 6월 17일 초판 1쇄 인쇄
2021년 6월 22일 초판 1쇄 발행

지은이 맹물사탕
발행인 김정수 강준규

기획 이기헌 왕소현 박경무 강민구
책임편집 김홍식
마케팅지원 배진경 임혜솔 송지유 이영선

발행처 (주)로크미디어
출판등록 2003년 3월 24일
주소 서울시 마포구 성암로 330 DMC첨단산업센터 318호
Tel (02)3273-5135 **편집** (070)7860-2726 **Fax** (02)3273-5134
홈페이지 rokmedia.com **E-mail** rokmedia@empas.com

ⓒ 맹물사탕, 2021

값 8,000원

ISBN 979-11-354-9543-4 (7권)
ISBN 979-11-354-9456-7 04810 (세트)

다시 사는 재벌가 망나니

맹물사탕 현대 판타지 장편소설

⑦

ROK
MEDIA
로크미디어

Contents

1장   7

2장   87

3장   155

4장   225

1장

고아원인 '요한의 집' 후원은 삼광 그룹 산하에 있는 비영리재단의 개입 없이 SJ컴퍼니 측에서 진행하기로 했다.

이는 효율성 측면 때문만이 아닌, 요한의 집이 아동복지시설로 별도의 사단법인을 끼고 있기 때문이었다.

'주교구에서 경영하는 줄 알았더니, 종교 단체가 아닌 민간 사단법인을 끼고 있는 건가?'

알아보니 사단법인 '새마음아동복지재단'은 천주교와 관련된 기관이긴 했다.

그들이 명시해 둔 원훈에도 '하나님의 뜻' 운운하는 구절이 있었고, '믿음, 소망, 사랑'이라는 크리스트교 3대 금구(金句)를 핵심으로 하는 심볼을 사용하고 있었으니까.

나는 거기서 뭔가가 턱 걸리는 느낌을 받았지만 어디까지나 느낌뿐이었고, 이렇다 할 확신은 없는 상황에서 유상훈 변호사를 불러 뒷조사를 시켰다.

　이래저래 정보를 모아 온 유상훈 변호사는 시저스의 VIP 룸에 나와 마주하고 앉아 고기를 수북하게 쌓아 올린 접시를 비워 갔다.

　"사실, 그간 이곳이 샐러드 뷔페라고 해서 쳐다도 안 봤는데, 의외로 괜찮군요. 역시 사람은 고기를 먹어야죠. 이래서 몸소 뛰어 봐야 답이 나온단 말도 있는 모양입니다. 하핫."

　"아, 예. 뭐. 천천히 드시죠. 필요하시다면 리필도 해 드리겠습니다."

　유상훈은 불룩 튀어나온 배를 두드리며 호탕하게 웃었다.

　"하하핫, 예, 뷔페니까요. 그럼 눈치 볼 필요 없이 마음껏 들겠습니다."

　그러면 지금까진 내 눈치를 보기라도 했다는 건가.

　뭐, 내 말을 안 들으면 메뉴에서 디저트를 뺀다는 둥 귀여운 협박을 몇 차례 하기는 했지만.

　"아, 사장님도 드시죠. 성장기엔 어쨌건 잘 먹어야 한다지 않습니까."

　나는 예의상 샐러드를 몇 입 깨작거린 뒤 운을 뗐다.

　"그보다 법인은 어땠습니까?"

　유상훈은 입가를 닦은 뒤, 식기를 내려놓았다.

"사장님, 혹시 고아원에 방문하셨거나 방문 예정이십니까?"

"현시점에서 직접 방문은 고려하지 않고 있습니다만, 혹시 무슨 소문이라도 있습니까?"

"흐음."

유상훈이 코를 실룩였다.

"냄새가 나서요."

"냄새라."

"예, 사장님께서도 그걸 느끼고 계시니 저를 시켜 조사를 하신 거겠지만요."

그렇다기보다는 관련해 딱히 시킬 만한 사람이 없었던 것에 가깝지만, 아주 틀린 지적은 아니었다.

유상훈이 말을 이었다.

"알아보니 새마음아동복지재단은 여느 비영리재단처럼 기부며 후원에 의존하는 형태로 운영되고 있었습니다."

"거기까진 평범하군요."

"예. 그런데 법인의 설립 일자를 살펴보니 조금 흥미로운 부분이 보이더군요."

유상훈은 허리를 굽혀 서류 가방을 뒤적이더니 서류 뭉치를 꺼냈다.

"끙차. 어디 보자, 새마음 어쩌고 재단은 1984년 9월 2일 법인에 등록되어 저쩌고 아동의 정서 함양을 목적으로 한단 내용이 기재되어 있습니다만."

유상훈이 나를 보았다.

"고아원 건축 완공은 그보다 이전인 1975년도 일자로 기록되어 있습니다."

"즉, 고아원 완공 이후 법인이 설립되었다는 의미군요. 하지만 그 자체만 놓고 본다면 문제는 없지 않습니까?"

그사이 새마음아동복지재단 측이 고아원 운영 법인을 양도받았다고 하면 문제 될 것이 없다.

유상훈이 씩 웃으며 다른 서류를 꺼내 들었다.

"한편, 대성성당의 완공일자는 1985년입니다."

그렇게 본다면, 조금 뒤가 켕긴다.

"즉, 대성성당의 부속 고아원인 요한의 집은 이미 1975년에 완공되어 있었고, 새마음아동복지재단의 법인 등록은 1984년, 그리고 대성성당이 1985년이라는 거군요."

순서가 반대로 되어 있었다면 모를까, 이렇듯 역순으로 구성되었다고 하면 이야기가 조금 달라진다.

유상훈이 고개를 끄덕여 내 말을 받았다.

"예. 거기에다 고아원의 활동 내역이 지나치리만치 깔끔합니다."

"'지나치리만큼 깔끔'하다고요?"

"사장님도 이래저래 비영리재단을 만져 보았으니 아시겠지만, 보통은 재단 운영 과정에 이런저런 외적 개입이 있기 마련이지 않습니까?"

"그렇기도 하죠."

"그런데 방금 전, 제가 새마음 재단이 기부며 후원에 의존하는 형태로 경영되고 있다고 말씀드린바 있습니다만."

유상훈은 그렇게 말하며 서류를 더 꺼냈다.

"그 후원이며 기부는 모두 어느 특정 기업을 통해서만 이루어지고 있었습니다."

"……그래서 지나치게 깔끔하다는 말씀을 하신 거군요."

기부, 후원에 의해 운영되는 비영리재단은 보통 여러 후원회를 발족하거나 개개인의 기부금을 위탁받아 경영하게 되어, 장부상 이리저리 얽히고설킬 일이 많기 마련이었다.

그래서 나 또한 재종인 이남준과 함께 삼광문화재단을 경영하면서 최대한 외적 개입 요소를 배제하려 애써 왔는데, 새마음아동복지재단은 고아원을 운영하며 진즉 관련 요소를 배재해 온 모양이었다.

"그리고 여기."

유상훈이 꺼내 든 서류는 새마음아동복지재단 이사장의 약력이 기재되어 있었다.

"이사장으로 앉은 구봉팔 씨입니다."

말하는 유상훈의 얼굴엔 미소가 사라져 있었고, 나는 서류를 받는 대신 말을 받았다.

"……말씀하시죠."

"예. 알아보니 이사장인 구봉팔은 정화물산이라는 회사의 상무를 겸임하고 있더군요."

그쯤해서 나는 눈치를 챘다.

"고아원이 정화물산의 조세 포털로 이용되는 모양이군요."

"아, 그런 말씀까지는 드리지 않았습니다. 어디까지나 그럴 가능성이 있다는 정도지요."

유상훈은 변호사답게 근거 없는 억측 대신 선을 딱 잘라 그었다.

"그래서 처음에 사장님께 여쭤본 겁니다. 혹시 방문 예정이 있거나 방문하신 적이 있는지를 말이죠."

"즉, 고아원의 행태를 직접 체감하고 예산과 대조해 볼 필요가 있단 거군요."

"어떤 것은 그럴 필요도 있으니까요. 직접 발품을 팔고 두 눈으로 보아야 명확해지는 것도 있지 않겠습니까?"

말하면서 유상훈은 접시의 고기를 포크로 찍어 들어 올렸다.

"이 식당이 샐러드 뷔페를 표방하고 있지만 실제론 고기도 맛있더란 것처럼 말입니다."

흐음, 이거 참.

연말에 재벌가 도련님으로 생색이나 내려 했던 일이 본의 아니게 조금 커질 것 같다.

그때 똑똑, 하고 VIP 룸을 두드리는 노크 소리에 유상훈은 챙겨 둔 서류를 자연스럽게 정리했고, 나는 목소리를 높였다.

"예. 들어오세요."

달각, 문이 열리며 접시를 든 제니퍼가 모습을 드러냈다.

"서비스 가지고 왔어요."

"어휴, 뭘 이런 걸 다 챙겨 주시고. 사장님과 동행한 보람이 있군요."

유상훈이 과장된 어조로 너스레를 떨자, 제니퍼는 그걸 미소로 받았다.

"아뇨, 아뇨. 유상훈 변호사님께는 적잖은 신세를 졌으니까요. '이성진 사장님'이랑은 상관없이 말이죠."

유상훈 변호사는 시저스의 법인 등록 및 분점을 내는 과정에 도움을 주었고, 그게 인연이 닿아 제니퍼가 진행 중인 이태원 쪽 소송에도 일부 개입해 있었다.

"유 변호사님껜 한 번쯤 식사를 대접해야겠단 생각이었고요. 아, 혹시 제가 대화를 방해한 건 아니죠?"

"그럴 리가 있겠습니까."

제니퍼는 접시를 놓으며 자연스럽게 자리에 앉았다.

"식사는 마음에 드세요?"

"아주 훌륭합니다. 이성진 사장님 앞에서 이런 말씀을 드리긴 조심스럽습니다만, 신화호텔에 비교해도 손색이 없을 정도로요."

"어휴, 뭘요. 신화호텔이랑은 기술적 제휴 중인걸요."

그러면서 제니퍼는 고개를 돌려 나를 보았다.

"누구 덕분에 말이지만요."

"서로에게 좋은 기회잖아요?"

내 너스레에 제니퍼는 입을 삐죽였다.

"맞아. 그쪽에서 우리 총주방장님을 스카우트하려고 안달 복달인 것만 제외하면."

뭐, 오성환이야 원체 뛰어난 인물이니.

원래 역사대로라면 오성환은 이 시기 프랑스에서 일을 하고 있을 터였고, 나는 그에게 수행이었을 그 과정이 무색해지지 않게끔 신화호텔 레스토랑과 종종 제휴하게끔 조치해 둔 바였다.

마침 신화호텔 파인 다이닝의 헤드셰프는 업계에서 제법 저명한 프랑스인인 알랑이었고, 그는 종종 찾아오곤 하는 오성환의 빛나는 재능에 찬사를 아끼지 않았다.

'오성환도 신화호텔 레스토랑을 마음에 들어 하는 눈치였 긴 했지. 이탈리안을 표방하는 시저스와 달리, 그의 원래 전 공인 프렌치고.'

제니퍼가 눈을 흘겼다.

"너 설마 성환이를 빼 가려는 건 아니겠지?"

"그럴 리가요. 성환이 형이 시저스에 남아 주는 게 저에겐 더 큰 이득인데요."

"……너다운 대답이네."

"더군다나 레스토랑 입장에서도 지금처럼 프랜차이즈를 기획 중이라면 성환이 형 한 사람한테만 기대는 건 좋지 않아요."

"그거, 언젠가는 빼 갈 수도 있단 의미야?"

"그거야 뭐, 성환이 형의 의향에 달린 일이죠."

"쳇, 쳇, 쳇."

제니퍼는 인상을 구기며 혀를 차더니 이 자리에 유상훈이 동석했단 사실을 뒤늦게 자각하곤 영업용 미소를 지었다.

"어머, 실례했어요. 저희끼리만 아는 이야기를 해서……."

"하핫, 그럴 리 있겠습니까. 모쪼록 저에게도 편하게 대해 주셨으면 감사하겠습니다."

은근히 돌려 까는 기술이 일품이다.

"네, 그렇게 할게요."

제니퍼는 화장으로 미처 덮어 두지 못한 귓바퀴를 발갛게 물들이며 태연한 척 내게 입을 열었다.

"아, 그러고 보니 아름이가 말했는데, 성진이 너 뭔가 한다면서?"

그때 첫 방문 이후 윤아름은 시저스의 단골이 되었고, 제니퍼와는 어느새 언니 동생 하는 사이가 되어 있었다.

'그나저나 본론인가.'

나는 시치미를 뚝 떼며 일부러 고개를 갸웃해 보였다.

"글쎄요? 워낙 많은 일을 하고 있어서. 누나가 주어를 생략하면 무슨 이야긴지 저로선 잘 모르겠는데요."

"스스로도 일 벌인단 자각은 하고 있네. 그러니까 고아원 봉사 말이야."

"아, 그거요."

제니퍼가 미소 띤 얼굴로 고개를 끄덕였다.

"응. 성진이가 모처럼 좋은 일 하겠다는데 시저스도 함께하면 어떨까 싶어서."

모처럼, 이라니.

나는 항상 좋은 일을 해 오고 있거늘.

하나, 그걸 지적하는 건 나중으로 미루고.

"재능기부라도 하시게요?"

"재능기부? 음, 어감이 좋네. 응, 그거지. 재능기부. 우리 시저스도 슬슬 사회적 책임을 다할 때라고 생각했고."

제니퍼가 선의에서 우러나오는 감정으로 진행하려는 건지, 아니면 대배우 윤아름까지 개입한 이번 일에 타산적으로 숟가락을 얹으려는 건지는 모르나, 결과적으론 달가운 이야기였다.

'이런 일은 판을 크게 키울수록 좋겠지.'

제니퍼가 말을 이었다.

"마침 진영이도 너만 괜찮다면 해 보고 싶단 말을 했거든.

뭐라더라, 즉석에서 화덕피자를 만들어 주겠다나 뭐라나."

즉석 화덕피자라니 그거 참, 시저스 분점 홍보용으론 더할 나위 없겠군.

그쯤 하니 제니퍼의 '선의'라는 것이 의심스러워지기 시작했지만, 나야 의도가 어쨌건 이번 일만큼은 결과만 좋으면 신경 쓰지 않기로 했다.

"상관없어요. 뭐, 누나가 좋은 일 하겠다는데 제가 말릴 입장도 아니고요."

"그치?"

제니퍼는 씩 웃더니, 흘리듯 슬쩍 덧붙였다.

"아, 혹시 마동철 실장님은 오시려나?"

"글쎄요? 딱히 타진을 넣어 본 적은 없어서."

"아, 그래…… 아니, 그냥 물어본 거야. 그냥."

제니퍼가 미소 띤 얼굴로 일어섰다.

"본의 아니게 방해를 했네요. 그럼 식사 맛있게 하세요."

제니퍼가 VIP 룸을 나서자, 유상훈이 히죽 웃었다.

"이거 참, 젊음이라는 건 참 좋군요."

"아, 예, 뭐."

"그나저나 우리의 제니퍼 사장님께선 이 요리가 뭔지 아무런 설명도 없이 가셨군요. 어쩔 수 없죠, 부하인 제가 맛보기 역할을 해 보아도 되겠습니까?"

"……그러세요. 벌써 단 걸 먹고 싶진 않아서."

"하핫, 그럼 먼저 맛 좀 보겠습니다. 오, 이거 맛있는데요?"

나는 접시 위의 카놀리를 맛보는 유상훈을 보며 잠시 생각에 잠겼다.

'그래. 어쨌거나 직접 가서 알아보긴 해야겠지.'

그때 있을 연말 서류 작업이 제시간에만 끝난다면 말이지만.

하지만 끝이 보이지 않을 것 같던 서류 작업은 제 시간에 끝이 났고.

―여보세요? 성진아? 이성진?

핸드폰에서 윤아름의 목소리가 이어져 나는 엘리베이터에서 내리며 말을 받았다.

"아, 미안. 엘리베이터라서 잠시 끊겼나 봐."

―그랬구나. 하긴 지하 같은 데선 내 것도 잘 안 터지더라. 핸드폰도 아직 갈 길이 머네.

"다음 모델부턴 잘되겠지."

―흐음……. 그러면 다음 모델엔 '어디에서나 터진다!' 같은 캐치프레이즈라도 고려해 보는 건 어때?

의외로 마케팅에 소질이 있군.

"고려는 해 볼게."

―그래? 뭐어, 됐고. 그래서, 올 거지?

나는 빌딩 밖으로 나왔다.

"글쎄."

—뭐래. 당연히 와야지. 나도 움직이는데, 당연한 거 아니야?

그게 왜 당연한 건지 모르겠다만.

"요즘 누님 스케줄 한가하지 않던가?"

—기회비용의 문제야. 기회비용! 네가 좋아하는 말.

"누님이 기회비용 운운하니 하는 말이지만, 내가 시간당 환산해서 얼마나 버는지는 알아?"

—……듣고 싶지 않아.

윤아름이 말을 이었다.

—그보단 설마 아직도 일이 남았어? 그러니까 너를 스크루지 영감이라고 하는 거야.

아니, 듣자듣자 하니까 아까 전부터 누구더러 스크루지 영감이래.

내가 기부한 돈이 얼마나 되는 줄 알기나 하나? 애당초 '요한의 집'과 관련한 공식적인 후원 또한 내 승인하에 이루어진 일이거늘.

"일은 막 마쳤으니까, 거기서 보자."

—어머, 웬일이래?

"나야 모르지. 누님도 모르는 사이 시간의 유령이라도 만난 모양이네."

—유령? 엥? 무슨 뜻이야?

"스크루지 영감. 크리스마스 캐럴. 과거, 현재, 미래의 유령. 찰스 디킨스."

—⋯⋯아, 그래.

대답에 뜸을 들인 걸 보니 원작을 읽어 보진 않은 듯하다.

—아무튼, 그럼 거기서 만나자. 이만 끊을게.

통화 종료 후, 나는 택시를 불렀다.

'얼른 운전면허를 딸 수 있는 나이가 되어야 할 텐데.'

서류에 명시되어 있던 그 설립 일자처럼 요한의 집은 서울 외곽의 오래된 동네에 자리 잡고 있었다.

그렇다곤 하나, 요한의 집은 골목길이 복잡하게 얽힌 지붕 낮은 주택가에서도 더욱 구석진 변두리, 헐벗은 겨울 산을 낀 황량한 분지에 자리 잡고 있었다.

택시 기사는 '잘 차려입은 어린애가 뭐 이런 곳까지 찾아오나' 싶은 눈치였지만, 모범택시 운전수답게 미주알고주알 사정을 물어 오진 않았다.

'분당에서 이곳까지 모범택시 요금이라면 군말이 필요 없지.'

요한의 집으로 향하는 길가엔 저 멀리 녹슨 슬레이트 지붕을 얹은 공장이 간간이 보였는데, 보아하니 이 호황기에도 불구하고 문을 닫은 지 제법 오랜 시간이 지난 듯했다.

나는 이곳을 향하며, 이미 알고 있던 전생의 지식을 더해 창밖으로 T동을 물끄러미 쳐다보았다.

'이곳은 예나 지금이나 여전하군.'

마치 시간이 멈춘 듯, 아니 지금이 내가 기억하는 근 미래의 그 장소인지, 아니면 내가 살아가고 있는 1995년 연말인지 가늠하기 힘든 이곳을 보면서 나는 아이러니한 기분마저 느끼고 있었다.

T동은 서울시가 한창 개발을 이어 가는 중에도 여전히 그린벨트에 묶여, 마치 시간이 멈춘 듯한 장소였다.

'언젠간 그린벨트가 해제되길 바라며 숱한 사람이 알을 박았지만, 30년이 지난 뒤에도 그럴 기미는 보이지 않았지.'

결국 T동은 누군가에겐 거쳐 가는 곳이거나, 아니면 인생의 종착점으로 오롯이 남아 시간의 변화에 무관한 장소가 되었다.

나도 한때 부동산 관련한 일로 조금 발품을 팔아 본 기억이 있었지만, T동은 매번 그럴듯한 소문만 있을 뿐이었고 결국 나는 발을 들이지 않았던 기억이 있다.

'만일 요한의 집이 정화물산이란 곳에서 알박기용으로 마련한 곳이라면 헛수고라는 말을 전해 주고 싶을 정도야.'

그런, 평소라면 한적한 곳엔 오늘따라 어쩐 일인지 적잖은 차량이 성당 근처 공터에 주차되어 있었다.

"손님, 다 왔습니다. 안쪽에 세울까요?"

"아뇨, 감사합니다. 여기서 내려 주세요."

내가 지갑에서 만 원권 지폐 몇 장을 꺼내려니, 결국 기사는 모범택시 운전수 사이의 불문율을 깨트리고 입을 뗐다.

"손님, 혹시 여기서 무슨 촬영 같은 거라도 합니까?"

"글쎄요."

나는 미소를 지으며 택시 기사에게 돈을 건넸다.

"거스름돈은 가지세요."

이 외진 곳까지 굳이 찾아온 것에 더해, 나는 웃돈까지 얹어 주었다.

택시 기사는 내가 내민 돈뭉치를 보다가 묵묵히 고개를 숙였다.

"감사합니다."

택시 기사가 의아해한 것이 새삼스러운 일은 아니었다.

대성성당은 건축 년도에 비해서도 영세해 뵈는 성당이었다.

겨울의 메마른 담쟁이가 성당의 붉은 벽돌에 붙어 있는 모습은 관점에 따라선 제법 운치 있는 모습으로 비칠 수 있었겠지만, 이를 가까이 다가가서 보면 보수되지 않은 흔적이 군데군데 보여 쇠락함을 느끼게 할 정도였다.

공터엔 방송국 차량이며 식료품, 옷가지 등을 그득 싣고 온 몇 대의 다마스와 경트럭 등이 주차되어 있었고, 간간이 승용차도 더러 보였지만, 그 광경은 어울리지 않는 그림을 모자이크로 이어 붙인 것처럼 보이기도 했다.

오늘 있을 행사 때문인지 성당 앞은 반기는 사람 하나 없이 적요했다.

요한의 집은 이 그리 크지 않은 성당 부지 내, '요한의 집'이란 입간판을 세운 오르막에 자리 잡고 있었다.

겨울의 쓸쓸함과 영세한 성당에 어울리지 않는 소란스러움은 이 오르막길을 오르고 난 뒤에 본격적으로 찾아왔다.

특히 방송국 측 인원들은 리포터를 주축으로 한 카메라와 방송 장비, 조명 등을 들고 다니며 주위를 찍기 바빴고, 한 번은 나를 향해 카메라가 돌았던 적도 있었다.

'내 출연은 나중에 따로 편집해 내라고 해야지. 그보단 아주 떠들썩해졌어. 떠들어 댄 보람이 있네.'

이번 일을 두고 본격적으로 떠들어 대기로 작정한 이상, 나는 일에 제대로 착수했다.

가장 먼저, 마동철을 통해 윤아름의 '봉사 활동'을 방송국에 제법 대대적으로 홍보했다.

그러잖아도 방송가는 윤아름의 신작 영화에 관한 소문을 입수한 터였고, 입소문을 통해 완성도가 어떻다는 이야기를 들었을 것이다.

'더군다나 상업적인 성과는 바라지 않지만, 역사가 증명하는 방 감독의 입봉작이니.'

모르긴 몰라도 방준호 감독의 커리어가 전생처럼만 이어진다고 하면, 이 기회에 윤아름을 꼬드겨 방준호 감독 인터뷰를 잔뜩 따 두는 게 여러모로 도움이 될 것이다.

'무명 시절 방 감독의 인터뷰 자료라. 30년 뒤엔 재평가를 받을 만하겠지.'

우선은 곧장 고아원 대표에게 얼굴을 비칠까 싶어 발걸음을 옮기던 와중, 나는 고아원으로 꺾어 들어가는 오르막길 앞 부지 한구석에서 낯익은 인물을 보았다.

"사장님, 오셨습니까."

남경민 책임이었다.

"네. 길이 익숙지 않으셨을 텐데. 먼 곳까지 잘 오셨어요."

나는 이 생색내기를 두고서 회사에 제법 대대적인 '자발적 참여' 공문을 돌린 바였으나, 정작 나도 누군가가, 특히 남경민이 여기 찾아와 줄 거라는 건 생각지 못했던 일이어서 조금 신기했다.

'정작 나도 남경민에 대해 업무와 무관한 개인적인 프로필까진 모르니.'

이어서, 나는 자연스럽게 남경민의 곁을 보았다.

"그리고……."

그는 초면의 여성과 함께 있었는데, 연말에 이런 외딴 곳까지 찾아오다니.

'남경민이랑 사귀는 사이인가?'

생각하고 있으려니 남경민은 다소 어색한 모습으로 내게 소개를 해 주었다.

"아, 여기는 이번 TF에서 함께 일하게 된 삼광전자 유선사업부의 이세라 대리입니다."

유선사업부 이세라 대리.

이태석 주도로 진행 중인 폴더폰 기획이 SJ컴퍼니로 일부 이관되면서 끌어모은 팀원 중 한 명인 모양이었다.

'남경민이 SJ컴퍼니로 전출 오기 전부터 아는 사이인 거 같군.'

그렇다면 사내 커플?

나는 자연스레 그런 생각을 떠올렸는데, 남경민이 슬쩍 끼어들었다.

"윤아름의 팬이라더군요. 또, 이세라 대리뿐만 아니라 TF 내부의 다른 사원들도 자발적으로 참여해 주었습니다."

이세라가 미소 띤 얼굴로 남경민의 말을 받았다.

"네, 정작 윤아름 양은 공연 준비로 바쁘대서 악수 한 번 해 본 게 고작이지만요."

"잘 오셨어요. 필요하시다면 나중에 제가 사인도 받을 수 있게끔 이야기해 둘게요."

"어머, 꼭 그래서 참가한 건 아니지만, 신경 써 주셔서 감사드립니다."

사양하진 않는군.

그녀는 뒤이어, 기다렸다는 듯 사글사글한 미소를 띠며 내게 악수를 청했다.

"소개가 늦었습니다. 이세라 대리입니다."

"반갑습니다. SJ컴퍼니 사장인 이성진입니다."

내가 그녀의 악수를 받으려니, 이세라는 내 손을 맞잡은 채 나를 물끄러미 쳐다보았다.

"정말로 그러네요."

"뭐가요?"

"SJ컴퍼니의 사장님이 국민학생이란 이야길 들어 왔거든요. 아, 내년부턴 초등학생이죠?"

그녀의 말마따나 내년부턴 국민학생이 아닌 초등학생이란 말이 한동안 나를 수식할 단어가 될 예정이었다.

정부는 역사가 그러했듯 내년 96년부터 전국의 국민학교를 초등학교로 대체하기로 했고, 관련해서 서류를 싹 갈아엎어야 하는 번거로운 일이 있었던 터.

나로선 막상 국민학생이라는 단어가 입에 감기기 시작할 즈음 시행된, 새삼스러운 이야기가 되고 말았지만.

"예. 그렇게 됐습니다."

"흐음."

이세라는 맞잡았던 손을 놓으며 고개를 끄덕였다.

"미남에 능력까지 갖춘 초등학생 사장님이라니, 정말 대단하세요."

"과찬입니다."

말은 그렇게 했지만, 따지고 보면 대단한 것도 사실이지.

"아뇨, 아뇨. 실은 작년에 남경민 책임님께서 전출될 당시만 하더라도…….."

그때 남경민이 슬쩍 이세라의 말을 가로막았다.

"말할 필요가 없는 이야기를 굳이 꺼내 하실 필요까진 없지 않습니까?"

그 발언이 이미 관련한 이야기를 꺼내지 않을 수 없게끔 만드는 거다만.

'남경민도 사내 정치와는 거리가 먼 인물이다 보니 그런 세심한 건 고려하지 못한 모양이군.'

하지만 대강 짐작은 갔다.

"작년만 하더라도 멀티미디어 사업부 해체 수순은 아닌가 하고 생각하셨나 보군요."

내 말에 이세라는 부정하지 않고 멋쩍은 미소를 지었다.

"……네. 갑작스러운 인사 조치였으니까요."

이세라가 말을 이었다.

"그래서 실은 제가 오늘 참가를 결정한 것도 윤아름 양뿐만 아니라 사장님을 뵐 수 있을지도 모르겠단 생각에서였거든요."

제법 당돌했다.

하지만 싫진 않은 당돌함이었다.

어쩌면 내가 '초등학생'에 불과하단 사실이 암묵적으로 따라야 할 사회적 장벽을 허물고 만 것일지도 모르지만.

'이래저래 예스맨보단 낫지.'

나는 미소 띤 얼굴로 이세라를 보았다.

"실제로 만나 보니 어떤가요?"

"말씀드린 대로예요."

미남에 능력까지 갖춘 초등학생 말이지?

"게다가 이번 프로젝트 P 건은 이성진 사장님께서 기획에 직접 관여하셨다고 들었는데, 만나 뵙고 나니 정말 그럴 법하단 생각이 들었어요. 무조건 성공할 거란 확신도 들고요. TF 내에서도 의욕적이에요."

하나 그녀의 말이 마냥 아부로만 느껴지지 않는 건 내 앞에서도 스스럼없는 그 모습 때문일 것이다.

"들으니 TF 내부 분위기가 고무적인 것 같아서 기분은 좋군요. 이번 봉사가 TF의 워크숍을 겸하려던 의도는 아니었지만…… 모쪼록 즐기고 가시길 바랍니다."

"네!"

그 의욕적인 모습은 보기 좋았다만, 아마 내가 자리를 비우고 난 뒤에 남경민으로부터 잔소리 아닌 잔소리를 조금 들을지도 모르겠단 생각이 들었다.

'뭐, 나나 윤아름은 핑곗거리고, 본래 의도와 목적은 남경민 책임인 모양이지만.'

정작 당사자인 남경민의 목석같은 모습을 보아하니, 이세라의 여정이 꽤나 험난해 보이기도 했다.

고아원 건물로 발걸음을 옮기던 나는 뒤이어, 식당으로 보이는 건물 앞 공터에서 턱짓으로 검은 양복 차림의 장정들을 부리고 있던 재종 이진영을 보았다.

이진영은 내가 인기척을 내기도 전에 먼저 고개를 돌리더니, 나를 보며 미소 띤 얼굴로 손을 흔들어 보였다.

여전히 연극적이고 다분히 의도적인 몸짓이라는 생각을 하며, 나는 하는 수 없이 이진영에게 이끌리듯 다가갔다.

"왔어?"

"네, 형."

이진영은 앞서 호언장담했던 대로, 즉석 화덕피자를 만드는 밑 준비가 한창이었다.

그렇다고 이진영 본인이 손에 흙을 묻혀 가며 벽돌을 쌓아 올렸단 의미는 아니었고, 인쇄된 도안을 손에 든 채 검은 정장 몇을 턱짓으로 부리고 있다는 점이 왠지 그답긴 했지만.

한구석엔 그가 직접 공수해 온 듯한 벽돌, 장작, 버너 등이 쌓여 있었고, 식재료는 근처의 고아원 식당에 놔둔 모양이었다.

이진영은 미소 띤 얼굴로 제작 중인 화덕을 흘낏 쳐다보았다.

"비슷한 걸로 따로 테스트해 봤거든. 맛은 기대해도 좋아.”

“네.”

뒤이어 이진영은.

“아, 마침 잘됐다. 네게 소개할 사람이 있는데.”

운을 떼더니 목소리를 높였다.

“강이찬 씨?”

이진영이 조금 목소리를 높인 것뿐인데, 한창 화덕 작업 중인 남자가 즉각 일어서며 반응했다.

“예, 도련님.”

“인사하세요. 이쪽은 말씀드렸던 제 재종 동생인 이성진입니다.”

20대 중반가량으로 보이는 탄탄한 체격의 남자가 다가오더니 끼고 있던 목장갑을 벗으며 내게 꾸벅 허리를 굽혔다.

“강이찬입니다. 만나 뵙게 되어 영광입니다.”

“예, 이성진입니다.”

정작 나는 이진영이 왜 그를 굳이 불러내 내게 소개시켰는지 의아했지만, 이진영은 사정을 설명하는 대신 들고 있던 도안을 강이찬이란 남자에게 넘겼다.

“원장님을 만나러 갈 예정이지?”

“예. 얼굴은 비춰야 도리일 것 같아서요.”

“길이 조금 복잡해. 내가 안내할 테니까, 같이 가자.”

“예? 아, 네.”

그리고 이진영은 자연스럽게 발걸음을 옮겼고, 나는 그 뒤를 군말 없이 따랐다.

"재밌는 일을 기획했던걸."

이진영이 말을 이었다.

"고아원 봉사 활동이라니, 나도 생각만 해 보고 막상 실천에 옮기진 않았던 일인데 말이야."

"아뇨. 저도 어쩌다 보니 하게 된 일일 뿐이에요."

"하하, 어쩌다 하게 된 일치곤 스케일이 제법 큰데?"

뭐, 생색내기니까.

이진영은 고아원 건물 뒤편에 자리 잡은 별도의 공터로 나를 안내했다.

여기는 뒷문으로 이어지는 길가였고, 이곳은 입구와는 별개로 성당 기반 시설과 고아원이 완만한 경사를 끼고 이어지는 길목이기도 했다.

나는 이런 으슥한 곳까지 무슨 꿍꿍이인가 싶어 이진영을 보았는데, 이진영은 빙긋 미소를 지으며 입을 뗐다.

"원장님은 성당 부속 건물 수녀원 중 한 곳에 기거하시는 모양이야. 아, 그리고."

이진영은 후문 길가에 주차되어 있던 독일제 세단 앞에 멈춰 섰다.

"오늘도 택시 타고 왔지?"

"네."

그는 주머니를 뒤적이더니 리모트 키를 꺼내 버튼을 꾹 눌렀다.

그러자 삐빅, 소리가 나며 검정 승용차가 헤드라이트를 깜빡였다.

이진영은 고개를 돌려 나를 보더니 손에 든 자동차 키를 내밀었다.

"선물이야. 운전기사랑 차."

"예?"

그제야 나는 아까 전 이진영이 소개한 남자의 정체를 알 수 있었다.

'이게 재벌가 클래스인가?'

아니, 암만 그래도 그렇지.

조금 당황했다.

그야, 나도 전생에 이성진을 따라다니며 이런저런 모습도 보았고, 그가 스폰하는 여배우에게 떡하고 스포츠카를 선물하던 모습도 왕왕 보아 왔지만.

중학생 남짓한, 아니 이제 내년이면 고등학생이 되는 이진영이 국민학생에게 세단과 운전기사를 '선물'로 주리라는 건 내 상식 바깥의 이야기였다.

'재벌가 도련님 생활도 익숙해졌다고 생각했는데, 그런 것도 아니었나.'

그렇다곤 해도 이번 선물이, 암만 이진영이라곤 해도 아무에게나 선뜻 줄 수 있을 만한 스케일이 아닌 것도 분명했다.

'대체 무슨 꿍꿍이지.'

이진영의 의중을 알 수가 없다.

전생에도 나는 이 이진영이라는 인물을 제대로 파악하지 못했는데, 그는 뭐라고 할까.

능력 있고, 잘생기고, 성격까지 좋은, 마치 그림으로 그려낸 듯한 재벌가 도련님이란 인상을 받아 왔던 터였다.

그런 주제에 사생활도 깨끗해서 약점이라곤 찾아볼 수 없었고, 전생의 이성진은 그런 이진영을 싫어하더란 정도가 그에 대해 내가 알고 있는 정보.

「기분 나쁜 새끼야. 삶이 연극이지.」

이진영을 향한 이성진의 평이었다.

한편으론 이진영도 그런 이성진을 그다지 마음에 들어 하진 않는 눈치였고, 어쩌다가 둘이 마주칠 일이 있을 때도 이진영은 서글서글한 미소를 거두며 일부러 그러듯 무표정하게 이성진을 대했단 기억이 있었다.

반면 이번 생 들어서 이진영은 '사업상의 목적'이긴 하지만 이런저런 구실을 들어 가며 허상윤을 대동하거나 나와 홀로 왕왕 만남을 가져 왔다.

하지만 그의 호의엔 단순한 레스토랑 비즈니스 이상의 요소가 있었고, 이번 생의 그가 나를 퍽 마음에 들어 한단 것도 자각은 하고 있었다.

'그야 전생의 망나니였던 이성진에 비하면 괄목상대할 개과천선을 마쳤고, 내가 생각해도 매력 있는 모습이 되긴 했지만.'

만일 그가 사업가로서 전도유망한 나와 어떻게든 관계를 이어 가고 싶단 생각으로 이번 선물을 준비한 거라면 이해 못 할 바는 아니나, 그렇다곤 해도 선물이 과했다.

"왠지 그냥 받기는 죄송한데요. 저는 준비한 게 없어서."

해서, 공연한 말로 사양했더니.

"해 준 게 없긴."

이진영이 웃었다.

"이미 많은 걸 해 줬잖아? 네 덕에 레스토랑 사업도 궤도에 올랐고, 나도 그 사업 일부를 물려받았으니까."

"그건 비즈니스인걸요. 저에게도 이득이 되는 이야기예요."

말이 나온 김에 떠올린, 줄곧 생각하던 것이긴 하지만, 시저스의 성공이 이진영과 직접적으로 연결되는 요소가 아니란 것도 분명했다.

그가 제니퍼에게 투자를 했다거나 하면 모를까, 이진영의 자본은 이번 분점 건에나 들어갔을 뿐이었고 그가 내게 제니퍼를 소개했을 당시엔 어디까지나 모종의 친분으로 우리 둘을 엮어 준 것이 고작이었다.

게다가 암만 시저스가 잘나간다곤 해도 분점까지 성공이 확정된 것도 아니었고, 나는 아직 그에게 차를 선물받을 만한 이득을 안겨 준 적이 없다.

하물며 운전기사까지 옵션으로.

이진영은 잠시 생각하더니 고개를 주억거렸다.

"비즈니스라."

그 연극적인 몸짓은 내가 이성진의 표현을 의식해서일까, 아닐까.

"그러면 이것도 비즈니스의 일환이라고 생각해 주면 어때?"

"예?"

"이번 고아원 건도 네 아래에 있는 조인영이란 프로그래머를 위해서잖아? 그것과 마찬가지인 거야."

"⋯⋯."

그런 걸 입 밖에 내는 건 이진영의 미숙함이리라.

"미안. 그렇다고 말하기보단 그게 '계기'가 되었단 거겠지. 정정할게."

또, 일부러 분위기를 조금 불편하게 만든 것도 이진영이 의도한 바일 테고.

이진영은 빙긋 웃는 얼굴로 말을 이었다.

"결과적이지만, 이번 선물을 통해 네 활동 반경이 넓어진다면 그건 내게도 이익이 될 거야. 게다가 앞으론 지방에 내려갈 일도 종종 있지 않겠니?"

음, 뭐, 아직 KTX가 나오지도 않은 시절이긴 하지만.

"아, 혹시 유지비랑 인건비 때문에?"

농담이랍시고 꺼낸 말치곤 제법 가시가 있다.

"그럴 리가요."

"정 뭣하면 이번엔 내 성의 표시라고 생각해 줘. 우리 사이에 이 정도는 못 해 줄 것도 없잖아? 선물이라는 건 당사자가 필요로 하지만 애써 구하지 않는 정도가 딱 적당하단 말도 있고."

정론이긴 했다.

"또, 이대로 내버려 두면 너는 운전면허를 취득할 나이가 될 때까지 모범택시만 타고 다닐 거 아니니? 맞지?"

그건 그렇다만.

"그건 기회비용 측면에서도 좋지 않지. 시저스의 공동 창업자이자 그 분점의 사장인 내 입장에선 네가 그런 일에 불필요한 에너지를 쏟기보단 좀 더 그럴듯한 일에 힘을 냈으면 하는 바람이야."

이렇게까지 준비한 대답을 내놓으면.

"어때, 이만하면 네가 바라는 대답이 되었을까?"

마냥 마다하는 것도 모양새가 좋지 않다.

"알았어요. 대신, 차량 명의며 보험, 운전기사로 소개해 주신 강이찬 씨의 월급 등은 제가 부담하는 걸로 할게요."

"그렇게 해서 네 마음이 편해진다면야."

그리고 이걸 잊으면 안 되지.

"고맙습니다."

꿍꿍이야 어쨌건 그는 내게 선물을 안겨다 주었다.

그 부분은 표면상으로라도 감사를 표하는 게 응당한 일이고.

이진영은 내 인사에 어깨를 으쓱이더니 고개를 돌렸다.

"조금 추운걸. 잠깐 몸 좀 녹일까?"

왠지 뻔한 장소 앞에서 말하는 '쉬었다 가자'는 작업 멘트처럼 들렸지만.

'그럼 그렇지. 본론을 꺼낼 생각인가 보군.'

하긴, 이진영이 마냥 나 좋다고 이런 큰 선물을 해 줬을 리가 없다.

나는 이진영을 따라 차에 올랐다.

내부는 갓 출고된 새 차 특유의 냄새가 물씬했다.

이진영은 운전석에 앉아 능숙하게 히터를 틀었고, 나는 조수석에서 그가 하는 양을 가만히 지켜보았다.

그 시선을 의식했는지 어쨌는지.

"이건 비밀인데."

이진영이 씩 웃었다.

"나 운전할 줄 알아."

"그래요?"

"시골에 땅 있잖아. 가끔 거기서 몰곤 해."

나는 '저도 할 줄 아는데요' 하고 말하는 대신 고개만 끄덕였다.

시내 중심가를 질주하는 것도 아닌데, 그 정도 일탈이야 뭐 귀여운 수준이지.

나를 태우고 운전하지만 않으면 된다.

몇몇 도련님의 경우는 실제로 무면허 상태로 시내를 질주하다가 사고를 내는 바람에 불필요한 인맥을 동원해야 했고, 더러 뉴스에 실리기도 했다는 걸 감안하면.

"비밀은 지켜 드릴게요."

"응, 이 자동차가 그 입막음 비용은 아니지만. 아, 사이드 박스 열어 봐."

나는 묵묵히 그가 시키는 대로 했다.

여기서 권총이라도 한 자루 나왔다면 느와르 영화다웠겠지만, 하다못해 이진영에겐 에어 건을 넣어 두는 정도의 유머 감각은 없었고.

"차량명세서랑 등록 교부증. 너는 거기에 서명만 하면 돼."

깜찍하게도 기재된 서류엔 이진영이 아닌, 이미 내 이름이 떡하니 박혀 있었다.

'처음부터 내가 명의를 이전하리란 걸 알고 있었단 거군.'

나는 픽 웃으며 고개를 돌렸다.

"다 준비해 두고 계셨네요."

"너라면 그러지 않을까 해서. 어때, 차는 마음에 들어? 뭣하면 한 바퀴 돌고 와도 좋고."

사양하겠다.

"농담이야. 암만 그래도 무면허인 입장에 성진이 너를 태우고 차를 몰 수는 없지."

이진영은 빙긋 웃으며 나를 보았다.

"모쪼록 마음에 들었으면 좋겠다는 말은 농담이 아니지만."

어째서 이런 녀석의 사생활이 그토록 깨끗할 수 있었을까.

전생의 이성진이 배알 꼴려 하던 게 은근히 이해가 됐다.

"차는 넓고 좋아요. 형님이 주신 차니 승차감은 말할 것도 없겠죠."

"혹시 다른 모델을 원한 거라면 말해 줘. 바꿔 줄 수 있으니까."

나는 고개를 저었다.

"아니에요. 그보다 형님, 제게 하실 말씀이 있는 것 같은데요."

이진영은 입가에 걸린 미소를 유지하며 전방으로 고개를 돌렸다.

"뭐, 그렇지."

이진영은 시트에 등을 묻으며 말을 이었다.

"너만 괜찮다면 소개해 주고 싶은 사람들이 있어."

"소개요?"

"친구들이 몇 명 있거든. 음, 몇몇은 친구라고 부를 사이까진 아니지만, 피차 비슷한 또래야. 이래저래 사소한 것이긴 한데."

이진영이 미소 띤 얼굴로 말을 이었다.

"뭐 사교적인 모임이지. 너나 나 같은 사람들이 모이는. 제니퍼 누나랑도 거기서 건너 건너 사람을 통해 알게 됐고."

대수롭지 않은 이야기라는 양 꺼낸 이진영의 말에서 나는 짐작한 바가 있었다.

'……왔군.'

이걸 두고 끼리끼리 뭉친다고 해야 할까.

소위 말하는 계급, 특권 의식이란 말은 동서고금을 막론하고 존재해 왔다.

그건 이데올로기를 초월한 보편성을 띠었고, 시대가 바뀔 때면 다른 부류의 계급이 그 자리를 차지해 새 시대에 걸맞은 계층이 소위 말하는 특권층이 되었다.

이는 20세기, 아니 21세기 걸친 대한민국이라고 해서 다르게 없었다.

이진영이 말한 '너나 나 같은 사람이 모인 모임'이란, 그중 하나였다.

이진영뿐만 아니라 이성진을 비롯한 이들이 그저 '모임'이라고만 부른 이 집단은 다양한 분야의 사회 고위층 자제들이 이리저리 엮이는 곳이었다.

모임의 이름이 없다는 건 달리 말해 규정되지 않는단 의미기도 했다.

그렇기에 이들은 그들 스스로 모임에 이름을 붙이지 않았으나, 어느 지향점을 향한 공통된 의식은 존재했다.

그렇다고 이들이 어디 음모론에나 나올 '암약하며 정치·경제계를 주무르는 존재'들이란 의미는 결코 아니었으며, 지하실에 초를 켜 두고 어두운 두건을 눌러쓴 채 선서를 하는 일도 없었다.

그저, 때에 따라 부잣집 자제들끼리 출입이 제한된 살롱풍의 VIP 룸에서 모여 담소를 나누거나 세상 돌아가는 이야기를 털어놓고, 이 '특권층'만의 배부른 고민을 늘어놓는 정도가 고작.

심지어 이 살롱풍의 모임 장소도 때에 따라 변했으며, 주최자도, 모임의 대표도 그때그때 '사회적 함의'에 따라 달라지곤 했다.

이처럼, 이들은 신기루처럼 모였다가 흩어졌고, 소속 인원도 때때로 이합집산하며 변했다.

그와 관련해 딱히 명사화할 수 있는 이름은 없었지만, 굳이 이름을 붙이자면 '영 앤 리치 클럽'쯤 될까.

'그들은 이런 경박한 이름이 붙지 않게끔 주의하는 모양이지만 사실이 그런걸.'

철저히 인맥과 소개로만 소속을 가려 받는 이 영 앤 리치 클럽은 그들이 만든 일종의 사회·문화적 특권층 자제들로 구성되어 있었는데, 일견 느슨한 사교 모임인 듯하면서도 이 '모임'을 묶는 구심점 역할의 불문율은 존재했다.

그럼에도 내가 이들을 '영 앤 리치 클럽'이라고 이름 붙인 건, 명시되진 않았으나 모임에 참여하는 이들의 구성과 성격을 가늠해 나름대로 교집합적인 공통 요소며 기준을 세워 둔 바였다.

1. 어느 정도의 교양을 갖췄으며
2. 자산이 얼마 정도 이상이면서
3. 젊을 것

판단 기준도 명확하지 않고, 시대에 따라 '교양 수준'이며 구성 인원의 연령대, 자산 액수 등등이 달라지긴 했으나, 굳이 이 신기루 같은 모임의 성격을 분류하자면 그러했단 의미다.

물론 '영 앤 리치 클럽'이라는 내가 붙인 이름답게 전생의 이성진도 간간이 이들 모임에 얼굴을 비쳤으나, 어느 순간부터인가 자연스럽게 나가지 않게 되었다.

다만 이성진이 '자연스럽게 불참'하는 사이에도 그를 제외한 모임은 유지되고 있었을 것이다.

'보아서 아니다' 싶으면 이들은 해당 인원을 자연스럽게 배제하며 모임 장소, 시간 등을 옮겼고 이성진은 그들이 세운 어떤 기준에 미달되어 '자연스럽게 배제'된 것이리라.

하긴, 이성진은 그 집안의 역사와 나름대로 쌓아 올린 교양의 품격과 달리, 본질은 분방하고 '품위가 떨어지는' 행동을 곧잘 해 왔으므로.

다만 이 모임이라는 것이 규정하기 어려운 신기루 같은 것이라 하더라도 그 자체가 전혀 실체가 없다거나 아무런 영향력도 행사하지 않는단 건 아니었다.

특권층이 모인다는 건 세간에 알려진 적도, 알려질 일도 없는 고급 정보가 모인다는 의미와 상통했다.

예로부터 정보는 돈이 된다고 했겠다.

관건은 유의미한 정보를 선별하고 이를 적용하는 일일 뿐이다.

단적인 예로, 어딘가의 그린벨트가 해제된다거나 개발 구역으로 확정된다는 정보가 돌면, 그 정보로 돈을 버는 방법은 어렵지 않은 것처럼.

예시가 천박하긴 하지만, 모인 이들은 정보를 공유할 줄 알았다.

이따금 뉴스에 실체 없는 거대 사모펀드, 그리고 정경 유착의 희미한 근거가 나올 적이면 나는 홀로 '영 앤 리치 클럽'이라는 이름을 속으로 되뇌곤 했다.

그조차도 모임이 지향하는 바는 아니겠지만, 시대가 바뀌며 정보의 홍수 속에 꼬리 끝이 드러난 거라고 생각한다.

그리고 당초 예상대로 이 모임의 소속 인원이었던 이진영은 천천히 말을 이었다.

"처음엔 몇 명 정도만 연락을 주고받던 사이였지만 시간이 지나다 보니 제법 덩치가 커졌지 뭐야."

"그랬군요."

이럭저럭 모임의 터줏대감인가.

아니, 이진영도 스스로는 그렇게 착각하고 있는 걸지 모른다.

"그 모임이 커지다 보니 다양한 사람들이 모였고. 요즘엔 간간이 너희 회사 이야기가 나와."

"SJ컴퍼니 말인가요?"

"으음. 사실 터놓고 말하자면, 요 몇 달 사이 모임에서 오가는 화제의 중심은 네가 경영하고 있는 SJ컴퍼니라고 해야 되겠지."

이진영이 담담한 얼굴로 말을 이었다.

"그래서 다들 네가 누군지 궁금해하는 모양이고. 어때, 너만 괜찮다면 형이랑 한번 만나 볼래?"

나 또한 언젠가는 '모임'에 얼굴을 비칠 날이 오리란 생각은 하고 있었다.

하지만 그 시기는 생각보다 빠르기도, 혹은 늦되기도 했다.

내가 이룩한 성과를 감안하면 좀 더 일찍 모임에 참여할 기회가 있었겠으나, 나는 고작해야 국민학생에 불과하단 걸 감안하면 퍽 이른 이야기였다.

'전생의 이성진도 중고등학생쯤 제안을 받았으니.'

그렇다고 해서 자동차까지 선물받은 판국에 이 은근한 요청을 거절하는 건 피차 체면상 어려운 이야기였고, 또 표면상으론 어디까지나 '시간을 내서 사람을 만나 보자'는 정도에 불과했으므로 거절할 구실이 부족했다.

더군다나.

'호랑이를 잡으려면 호랑이 굴로 가랬겠다, 슬쩍 간을 보는 정도라면 괜찮겠지.'

암만 미래의 일을 꿰고 있다 한들, 내가 아는 건 어디까지나 결과론적인 일일 뿐이었다.

나도 슬슬 비전문적인 분야에 부닥치는 한계를 느끼는 중이었고, 필요에 따라선 '모임'을 이용해 인맥을 엮을 일도 있으리라.

'뿐만 아니라······.'

이성진의 죽음과 관련해서도. 어쩌면 무관하지만은 않을

지도 모르고.

"그럼요."

나는 미소를 지었다.

"거절할 까닭이 없죠."

"그래?"

"다만 형님의 친구분들이라고 하면 제가 너무 어린 건 아닐지 조금 걱정되는데요."

"하하, 걱정 마. 다들 좋은 사람들이거든."

그래, 표면적으로는 그렇겠지.

대놓고 망나니 행세를 하는 재벌가 도련님은 생각보다 많지 않다.

더욱이 모임의 엄격한 기준에선 더더욱 그러했는데, 국내에선 손에 꼽을 만한 상속 재벌인 이성진이 가입한 지 얼마 되지 않아 은근슬쩍 제명되었던 것만 보아도 이는 제법 명명백백했다.

그러나 '모임'의 눈꼴신 부분은 다들 표면적으론 가면을 뒤집어쓴 채 하하 호호 한단 것으로, 어떻게 보면 차라리 이성진이 '인간적'이라고 느껴질 여지마저도 있었다.

'하지만 가면을 쓰는 거라면 나도 뒤지지 않거든.'

나는 빙긋 웃는 얼굴로 이진영의 말을 받았다.

"기대되는걸요. 조만간 시간을 낼 수 있게끔 노력할게요."

'적당히 몸을 녹인' 뒤, 이진영과 나는 짧은 작별을 고했다.

「이 길을 쭉 따라 내려가면 원장실이 나올 거야.」

고아원 원장실을 겸하는 수녀 방은 이진영이 차를 선물한 뒷문 공터와 이어지는 성당 부속 건물에 자리 잡고 있었다.

'분명 법인상으론 대성성당과 고아원의 경영이 분리되어 있었지. 그런 까닭일까.'

사정은 아직 알 수 없는 일이고.

성당은 자선 행사로 다들 일손을 도우러 올라갔기 때문인지 낙엽을 지르밟는 내 발소리가 선명히 울릴 만큼 적요한 가운데, 고아원에서 들리는 왁자지껄 소란스러운 소리가 저 먼 곳에서 들리는 듯 아득히 울렸다.

성당 이곳저곳엔 소박한 크리스마스 장식이 군데군데 보였고, 나는 그중 수녀들의 기숙사를 겸하는 듯한 벽돌 단층 건물에 자리 잡은 원장실로 향했다.

똑똑, 문을 두어 번 두드리자.

"들어오세요."

원장의 허락이 떨어지고 나는 달각 문을 열었다.

"안녕하세요, 처음 뵙겠습니다. 사전에 연락드린 이성진이라고 합니다."

원장 수녀는 한창 서류 작업을 하고 있던 모양으로, 쓰고 있던 돋보기안경을 막 벗으며 천천히 자리에서 일어나 나를 반겨 주었다.

"반갑습니다, 형제님. 소피아입니다."

이름 대신 세례명을 밝힌 그녀는 자연스럽게 책상을 돌아 나와, 비치된 티테이블로 나를 안내했다.

좁은 방은 으레 있어야 할 소파조차 보이지 않았고, 모든 가구는 아무런 장식 없이 목적에만 충실한 특유의 미학만을 간직하고 있었다.

"미리 듣기는 했지만 뵙고 나니 놀랍네요."

"너무 어려서요?"

그녀는 대답 대신 빙그레 미소를 지었다.

"잠시만 기다려 주세요. 차를 끓일 테니까요."

"예, 감사합니다."

딸각, 전기포트 버튼 소리에 이어 물 끓는 소음이 잔잔하게 원장실에 퍼져 나갔다.

그 시간은 느리면서도 자연스럽게 흘러가, 이곳이 세속적 시간과 무관한 장소임이 새삼 자각되었다.

원장의 첫인상은 우아하게 나이 든 수녀란 느낌이었다.

인상만으로 사람의 됨됨이를 가늠할 수는 없겠지만, 링컨

이 말했듯 '사람은 40세가 넘으면 자신의 얼굴에 책임을 져야 한다'는 말에 나 또한 어느 정도 동의하는 바였다.

이태준처럼 첫인상에 '이런저런 인생을 살겠구나' 말할 수 있는 뻔뻔함을 갖추진 않았으나 내가 만나 본바, 어느 정도 나이가 든 사람들에겐 지나간 세월의 흔적이 아로새겨지기 마련이었는데, 이는 이목구비의 배치에서 오는 것보단 그것을 초월해 직관적으로 스미듯 다가오는 감상에 가까웠다.

원장에겐 세속에서 벗어나 오랫동안 종교에 귀의한 사람 특유의 정갈한 분위기가 깃들어 있었는데, 그녀의 주름진 눈가는 원장의 처연한 눈빛에서 오는 인상에 무르익은 세월을 더해 주고 있었다.

'조인영은 원장을 가리켜 자상하면서 엄격한 사람이라고 했지.'

거기엔 세속과 등진 사람이 가지는 일종의 부드러운 거리감이며 벽과 함께 억눌린 충동이 풍화되어 나타나는 피로감, 그 와중 내밀한 곳에 간직된 천성이 자연스럽게 흘러나왔다.

이곳 '요한의 집'을 수상쩍게 생각하고 경계하는 나였지만, 정말로 고아들을 착취하는 악인이라면 조인영이 퇴원 후까지 들락거리며 지원하진 않았으리라.

'사이비란 느낌은 들지 않는군.'

희미한 등유 난로의 기름 냄새는 자각하자마자 가뭇없이 사라지고, 원장이 새하얀 머그 컵에 담아 내온 허브 차의 향이 융화하며 이를 덮어 갔다.

"드세요."

"감사합니다."

원장은 내 맞은편에 앉으며 머그 컵을 양손으로 감싼 채 자연스럽게 입을 뗐다.

"베드로가 종종 사장님 이야기를 하곤 했어요."

베드로는 조인영의 세례명으로, 나는 그 이야기를 듣자마자 '아침 해가 뜨기 전까지 마감을 세 번 정도 부정하겠군' 하는 시시한 생각을 떠올렸다.

"좋은 이야기는 아니었을 거 같군요."

그 말을 듣자마자 나는 은근슬쩍 농담을 던졌는데, 농담을 뱉고 나서도 나 스스로 '농담을 했나?' 하는 자각을 새삼스레 하고 말 지경이었다.

그건 자리에 어울리지 않으면서도 한편으론 자연스러운 일이란 생각이 들어서, 나는 조금 혼란스러웠다.

'나도 모르게 뭔가를 털어놓고 싶어지는 분위기인가 보군. 신경을 좀 써야겠어.'

원장은 내 말에 긍정도 부정도 하지 않으며 이를 차분한 말씨로 받았다.

"다른 사람의 입을 빌려서 듣는 일에는 한계가 있기 마련이지요."

뒤이어 원장은 미소 띤 얼굴로 말을 이었다.

"그래도 일이 고되긴 하지만 보람이 있는 모양입니다. 은 혜로운 일이죠."

"그거 참 다행인데요."

나는 머그 컵에 담긴 차를 후룩, 한 모금 마셨다.

원장의 됨됨이는 언뜻 마음에 들었지만.

순수함이 선량함과 직결되는 것은 아니며, 설령 의도는 선 량하다 할지라도 기준은 보편적이지 않을 수도 있다.

'자, 그럼 어디 이 고아원의 경영 실태를 한번 알아볼까.'

나는 머그컵을 내려놓으며 입을 열었다.

"원장님. 한 가지 여쭤볼 것이 있습니다만."

"네, 말씀하세요."

"현재 고아원 영아들의 숫자는 몇이나 되나요?"

원장을 의식했더니 조금 단도직입적인 물음이 되고 말았 지만, 원장은 아랑곳하지 않고 차분하게 대답했다.

"29명입니다. 국민학교, 아니 이젠 초등학교라고 해야 할까 요. 초등학교에 재학 중인 아이들은 저학년이 9명, 고학년이 5명, 중학생은 4명이고 그 외에 미취학 아동들이 11명이죠."

막힘없이 대답하는 것으로 보아 원장다운 면모였지만.

"미취학 아동들의 수가 많군요."

"다른 고아원도 마찬가지죠. 미취학 아동들의 숫자가 가 장 많아요. 또, 미취학 영아들의 경우 좋은 가정에 위탁되는 경우도 더러 있고요."

원장은 말을 하면서도 조심스러운 기색이었다.

냉정한 이야기지만 이런저런 사정으로 고아를 입양할 경우 위탁 부모의 우선 입양 1순위는 5세 미만의 영아들로, 이 시기가 지나면 사실상 고아원에서 법적 퇴원 연령이 될 때까지 시설의 신세를 지게 된다.

하지만.

"고등학생 이상은 없는 것 같은데요."

내 지적에 원장은 쓴웃음처럼 보이는 미소를 입가에 머금었다.

"예. 원래 법적으로는 18세가 퇴원 가능한 연령이긴 합니다만…… 시설에 한계가 있어서요. 중학교를 졸업하는 순간부턴 다른 시설에 위탁을 보내거나, 상담 후 지원금을 지급하여 퇴원하는 경우가 있습니다. 베드로의 경우는 후자고요."

흠.

거기서 묘하게 걸리는 부분이 있었지만, 나는 일단 모른 척하며 말을 이었다.

"예, 조인영 씨……. 아, 여기선 베드로라고 해야 하나요?"

"상관없습니다. 베드로도 스스로를 베드로라 불리는 걸 반기지 않았으니까요."

"그랬군요. 조인영 씨의 경우도 중학교를 졸업하면서 퇴원하게 된 건가요?"

"예. 원래는 다른 시설로 위탁을 하려 했지만, 후원하시는 분 중에 인연이 닿아서 지냈다고 해요. 해당 부분은 사장님도 아시겠지만요."

알다마다. 작년에 중국집에서 배달 일을 겸하며 컴퓨터 조립 일을 하던 조인영을 만났으니까.

'어쨌거나 세상엔 좋은 사람도 있는 법이고.'

조인영은 관련해서 원장에게 이야기를 한 모양이지만, 어떤 식으로 이야기가 전해졌는지는 가늠하기 힘들었다.

'뭐, 짝퉁 조립 PC를 팔다가 나한테 걸려서 반협박조로 일하게 됐다는 말은, 조인영이라도 하지 않겠지.'

그리고 이어서, 먼저 묻지 않으면 말을 꺼내지 않을 것 같던 원장이 말을 이었다.

"사장님께는 몇 번이나 감사드려야 할 일이죠. 베드로의 존재가 아이들에겐 커다란 위안이나 다름없거든요. 벌써부터 나중에 크면 사장님네 회사에 들어가고 싶단 아이까지 있을 정도랍니다."

"하하, 회사를 경영하는 입장에선 기분 좋은 이야긴데요."

어린이들의 취업 지망 1순위 회사라니, 벌써부터 대기업이 된 듯한 기분이다.

'장래 희망이 공무원이나 유튜버인 것보단 낫지. 암.'

원장이 미소를 지었다.

"네, 게다가 컴퓨터게임을 만드는 회사……라고 들었으니 아이들 입장에선 더더욱 흥미가 있는 거겠죠."

게임만 만드는 건 아니지만 뭐, 애들이나 컴퓨터 한 대 없는 원장실 사정을 생각해 보면 대강 그 정도로 설명하는 게 그럴듯하겠지.

"그러면 이야기가 나온 김에 컴퓨터도 몇 대 가져다 드리겠습니다."

내 말에 원장은 눈을 동그랗게 떴다.

"컴퓨터를요? 무척 비싸다고 들었는데……."

"저는 한번 하려면 제대로 하는 편이어서요. 마침 원아들의 숫자가 29명이라고 말씀하셨으니 수녀님들 것도 포함해서 30대가량 기증해 드리죠."

나는 슬슬 본론으로 향하는 밑밥을 깔았다.

"아시다시피 이번 일은 이곳 요한의 집 출신인 조인영 씨로부터 비롯한 일입니다. 경영자 입장에서는 그런 훌륭한 인재를 제게 보내 주신 걸 감사해야 할 일이죠. 빈말이 아니라 조인영 씨는 회사에 꼭 필요한 유능한 인재거든요."

나는 조인영과 나, 고아원으로 이어지는 인연과 유대를 은근슬쩍 강조했다.

한편으론 연막을 치는 일이기도 했지만.

거기엔 또, 이번 봉사 지원이 일회성으로 끝나지 않게끔 하는 것도 중요했기 때문이었다.

조인영도 말하길.

「찾아오는 사람이 없진 않아. 그냥 뭐랄까, 한 번 왔다 가는 것만 아니면 괜찮은데.」

비록 담담하게 말하긴 했지만, 받는 입장에선 퍽 서운하고 허탈하단 뉘앙스였다.

"필요하다면 관련해서 체계적인 교육도 알선해 줄 수 있고요."

그러면서 나는 삼광장학재단에서 운영하고 있는 방과 후 교실을 설명했다.

"……하는 식으로, 다만 아무래도 이곳 요한의 집에만 교사들을 파견하긴 어려울 듯하고, 원생들이 다니는 학교를 통해 간접적으로 도움을 드릴 수 있을 듯합니다."

"도움에 감사드립니다. 이렇게까지 아이들에게 필요한 걸 생각해 세심히 배려해 주시다니, 사장님께 하나님의 은혜가 함께하실 거예요."

원장은 진심에서 우러나오는 감사를 표했다.

"별말씀을요."

나는 빙긋 웃는 얼굴로 고개를 끄덕였지만,

'어라?'

속으론 조금 놀랐다.

'전혀 마다하지 않는군. 오히려 물건이며 시스템으로 받는 것을 반기는 눈치야.'

내가 이들에게 돈이 아닌 물품 위주의 후원을 하는 것으로 결심했던 건, 새마음아동복지재단이 이곳 대성성당과 정화 물산이라는 법인을 통한 유착 관계가 있지는 않을지 의심했기 때문이었다.

2000년대쯤의 언젠가 보육원의 공금 횡령 건으로 몇 차례 대대적인 뉴스 보도가 있었는데, 내가 기억하는 바로는 작게는 몇천만 원에서 많게는 수십억에 이르렀다고 했다.

'그러니 고아원은 물품 기증보단 같은 값이면 현찰을 바란다고도 했고,'

그래서 나는 앞서 유상훈 변호사를 통해 이곳 요한의 집에 얽힌 기묘한 등기부를 떼어 본 뒤부터 모종의 비리가 얽혀 있으리란 생각을 하고 있었던 것인데.

'내 억측이었나?'

어쩌면 내 생각이 과했던 걸지도 모르겠다.

'고아원이 낡고 초라해 보이는 건 그저 단순히 예산이 부족했던 것에 불과했던 것일 수도 있겠지만.'

그래도 이만하면 조인영에 대한 의리는 지켰다고 생각한다.

'조인영에게 갈 연말 보너스라고 생각하면 뭐, 나쁘지 않지. 생색까지 낼 수 있고.'

그런데 뭘까, 이 찝찝함은.

✤

이후, 나는 원장과 함께 다시 뒷길을 올라, 얌전히 주차되
어 있는 내 차를 지나쳐 고아원으로 향했다.

고아원 건물은 성당이나 거기 딸린 부속 건물들보다 연식
이 오래된 티가 역력했지만, 덧칠한 시멘트 형태로 보아 나
름대로 개보수를 마친 흔적이 더러 보였다.

고아원 뒤에는 겨울철 비수기를 맞아 검은 흙이 덮인 조그
만 텃밭도 있었고, 건물 외벽엔 원아들이 장식한 것으로 보
이는 크리스마스 형형색색의 조그만 장식등이 낮은 슬레이
트 지붕 처마 아래에 걸쳐 있었다.

조그만 고아원이어서 별도의 강당 같은 건 있을 리 없었
고, 아이들은 공부방으로 쓰이는 조금 커다란 공간을 치워
정리한 곳에 줄 지어 앉아 있었다.

한편, 방송국 인원들은 복도에 서서 좁은 방에 방송 장비
를 들이지 못해 걱정이었고 윤아름은 그 복도에서 비촬영용
인터뷰를 진행 중이었다.

"정 그러면 복도에서 방 안쪽으로 짧게 촬영하면 되지 않
겠어요?"

"그렇게 되면 구도가 한정적이겠는데."

"어차피 편집되어서 짧게 나갈 거잖아요. 게다가 녹음 장치는 따로 설치해 뒀고, 정 화면이 안 나오면 따로 촬영을 해도 괜찮으니까……."

윤아름이 말을 이으며 복도 창 안쪽을 바라보려 몸을 돌리다가 마침 그곳에 선 나와 눈이 마주쳤다.

"성진아!"

메이크업에 분장까지 마친, 원피스 산타 복장의 윤아름이 나를 향해 활짝 웃어 보였다.

"안 그래도 온다던 애가 도통 연락이 없어서 전화라도 할까 했는데."

뒤이어 내 곁의 원장을 보며, 윤아름은 꾸벅 고개를 숙였다.

"안녕하세요, 원장님."

"네, 안녕하세요."

동시에 카메라는 반사적으로 나를 향했고, 나는 눈부신 조명에 살짝 눈을 찌푸렸다가 손을 저었다.

"실례하겠습니다. 저에 관한 촬영은 가능하지만 제 동의 없는 무단 배포는 허락하지 않습니다."

내 말에 카메라 기사는 눈치를 보다가 PD의 떨떠름한 눈짓에 마지못해 고개를 끄덕이며 카메라를 아래로 내렸다.

한편 윤아름은 카메라에 둘러싸인 상황이 익숙한지 마치 그들을 없는 사람인 양 대하며 내게 입을 삐죽였다.

"늦었잖아."

"최대한 일찍 온 거야. 무대 준비해?"

"응, 거기에 사회도 볼 예정이거든. 개인적으론 SBY가 와 줬으면 싶었지만, 연말 스케줄이 꽉 찬 모양이야. 하긴, 왔다고 해도 그 오빠들은 동선 고민하느라 고생이 이만저만 아니겠지."

그러면서 윤아름은 씩 웃었다.

"게다가 그 오빠들도 물 들어올 때 노 저어야 하지 않겠어?"

나는 그 말에 픽 마주 웃고 말았다.

"그것도 그러네. 그럼 누님이라도 열심히 해 줘."

"프로잖아. 어떤 무대든 최선을 다하는 게 당연하지."

말하는 윤아름은 벌써부터 제법 프로 티가 났다.

"어쨌거나 와 줬으면 됐어. 그럼 나중에 봐. 최 PD님, 저 들어갈게요."

윤아름은 성큼 걸음으로 드르륵, 복도 앞문을 열어 공부방에 들어가더니.

"여러분, 안녕하세요!"

제법 능숙하게 사회를 보기 시작했다.

복도에 남은 PD는 나와 윤아름 사이에서 고민하다가 결국 짧은 지시로 창문에 카메라를 걸치게 한 뒤, 윤아름의 촬영을 지시했다.

원래라면 방송국 촬영을 반기지도 않을 터에 외부인에 대한 경계가 심할 아이들은 그 자리에 앉아 있는 조인영의 존재 덕에 이미 분위기가 완화되어 있었는지, 달리 벽을 치는 일 없이 어렵지 않게 분위기에 융화되어 있었다.

'물론 거기엔 배우로서 윤아름의 오라도 한몫하고 있겠지만.'

조촐하다곤 하나 무대에 선 윤아름은 인상이 돌변해 말 그대로 우상, 아이돌에 걸맞은 모습을 보여 주고 있었다.

나 역시 윤아름의 의향만 아니었더라면 아이돌로서 정식 데뷔를 고려했겠지만, 본인이 내켜 하지 않은 데다 굳이 그러지 않아도 스케줄이 바빴기에 내버려 두었던 터.

윤아름은 이 조그만 무대에서 다재다능한 탤런트의 모습을 아낌없이 보여 주는 중이었다.

'윤아름은 확실히, 뭘 해도 성공했을 거야.'

또, 자리엔 남경민 책임은 없었지만 이세라 대리가 여자애들 사이에 끼어 눈을 반짝반짝 빛내고 있었는데, 윤아름의 팬이라던 게 빈말은 아닌 듯했다.

남경민은 그런 일에 하등 관심이 없었는지, 다른 직원들처럼 식당의 일손을 도우러 불참한 모양이지만.

'사귀는 사이……까지는 아니었나?'

나는 뒤이어, 젊은 여성 리포터의 기척을 느끼곤 고개를 돌렸다.

"무언가 하실 말씀이라도 있으신가요?"

"아······."

리포터는 내게 말을 놓아야 할지, 아니면 높여야 할지 짧게 고민하더니.

"안녕하세요. 한밤의 연예TV, 양미리 리포터입니다."

결국 말을 높이는 방향으로 결정했다.

기브 앤 테이크라 했겠다, 나도 사뭇 예의 바르게 그 인사를 받았다.

"처음 뵙겠습니다. SJ엔터테인먼트 사장인 이성진입니다."

내 소개에 카메라 기사는 움찔했고, 곁에서 지시 중이던 PD조차도 고개를 홱 돌렸다.

리포터는 커다란 눈을 껌뻑이더니 내게 홱 하고 얼굴을 들이댔다.

"예? 진짜요?"

"방송국을 앞에 두고 사칭을 할 만큼 간이 크진 않은데요."

내 농담에 리포터는 고개를 돌려 PD를 보았고, 마침내 PD가 다가왔다.

"반갑습니다. 한밤의 연예TV 최성수 PD입니다."

"예, 반갑습니다."

"으음."

PD는 나를 앞에 두고서 잠시 생각에 잠겼다가 아, 하고 눈을 크게 떴다.

"혹시 삼광전자의 자회사인 SJ컴퍼니의……."

"그렇기도 하죠. SJ엔터테인먼트는 SJ컴퍼니의 자회사 겸 계열사니까요."

"하하, 이거 참……."

대경실색하는 PD의 반응과 달리 리포터는 '그런가?' 하는 눈으로, 뭔가 신기하긴 한데 뭐가 그렇게 신기한진 모르겠단 얼굴이었다.

'백치미 운운할 건 아니지만 경제 쪽에 관심이 없다면 그럴 수도 있지.'

한편 PD는 내 인적 사항을 제법 꿰고 있는 모양인지 인터뷰를 따내고 싶다는 내적 갈등에 휩싸여 있었지만, 앞서 내 짧은 경고를 머릿속에 떠올렸는지 이를 애써 억누르며 어색한 웃음을 머금었다.

"혹시 괜찮으시다면 사장님의 인터뷰를 별도로 진행해도……."

"오늘의 주인공은 제가 아닐 텐데요."

어차피 내가 삼광전자의 전 회장인 이휘철의 장손이자 이태석 장남이라는 사실은 결국 가십거리에 불과한 이야기다.

그야 가십거리로 먹고사는 방송국 입장엔 이보다 큰 미끼가 없겠지만, 내겐 방송 출연이라는 리스크를 감내할 까닭이 하등 불필요했다.

그러면서 나는 미소 띤 얼굴로 가만히 서 있던 원장을 소개했다.

"그보단 촬영과 관련해 여기 계신 소피아 원장님과 말씀을 나누는 게 어떨까 싶군요."

원장에 관한 의혹은 잠시 접어 두었지만, 나는 당초 예정대로 이들을 통해 두 마리 토끼를 잡아 보고자 했다.

"그러면 원아들 촬영은……."

"네, 아무래도 아직 사회적 편견이나 차별이 있으니까요. 모쪼록 부탁드리겠습니다."

"아뇨, 물론이죠. 충분히 이해합니다."

원장과 PD가 촬영 협의를 나누는 사이, 때가 된 모양인지 옆방에서 한성진 남매가 각각 첼로와 바이올린을 들고 걸어 나왔다.

"이성진 오빠!"

한성아는 나를 보자마자 와락 달려와 안겼고, 한성진은 그런 한성아를 보며 픽 웃더니 내게 미소를 이어 보냈다.

"왔어? 왔으면 말을 하지. 성아나 누나가 얼마나 널 기다렸는데."

"미안, 이래저래 바빠서."

한성진의 말이 빈말이 아닌지, 한성아는 나를 끌어안은 채 떨어질 줄을 몰랐다.

때마침 원장과 협의가 끝났는지 PD가 다시금 이쪽에 관심을 기울였다.

특히, 한성아를 제법 유심히.

"실례합니다, 사장님. 혹시 이 아이도 SJ엔터 소속입니까?"

나는 한성아의 어깨를 툭툭 두드려 주며 고개를 저었다.

"아뇨. 얘들은 그냥 피차 윤아름과 친분이 있는 사이일 뿐입니다. 겸사겸사 따라온 거죠."

"그래요? 흐음."

한성아가 내 팔을 꼬집었다.

"아니야, 아름 언니가 와 달라고 부탁해서 온 거야."

"아, 미안. 그랬지?"

"치. 나도 애들 앞에서 바이올린 연주할 거다, 뭐."

그 대화에 방송 스케줄을 들여다보고 있던 리포터가 끼어들었다.

"그렇다면 혹시 가족인가요?"

닮지는 않았는데, 하며 중얼거리는 PD를 뒤로하고 한성진이 끼어들었다.

"아뇨, 성아는 제 동생이에요."

"아, 그러니?"

"네. 저희 아버지가 이태석 사장님의 운전기사거든요."

전생의 나는 내 아버지의 직업을 밝히는 데 주저함이 있었건만, 이번 생의 한성진은 거리낌 없이, 심지어 일종의 자부

심마저 묻어나는 목소리로 이를 밝혔다.

"이태석 사장님?"

리포터가 의아해하며 말을 받자, 한성진은 그녀가 무엇을 의아해하는지는 모른 채 태연하게 말을 이었다.

"네, 여기 있는 성진이랑은 한 집에서 지내고 있어요."

그러면서 한성진은 나를 보며 씩 웃었다.

"그러니 가족은 아니지만, 식구라고 할 수 있죠."

"식구……."

"네. 먹을 식에 입 구 자를 써서, 한솥밥을 먹는 사이란 뜻이에요."

"얘도 참, 누나가 하나 배웠네? 똘똘한걸."

"그것도 성진이가 가르쳐 준 거지만요."

한성진은 구김살 없이 밉지 않은 잘난 척을 했고, 리포터는 그런 한성진이 퍽 귀엽다는 양 미소를 지었다.

'이성진에 비할 바는 아니지만, 한성진도 어디 가서 못났단 소린 안 들었지.'

왠지 뿌듯한걸.

자기 취향인 연상에게 어필하려는 저 모습만 아니라면 말이지만.

"이크, 들어가 봐야겠다. 늦으면 누나한테 혼나."

한성진은 손목시계를 들여다보며 호들갑을 떨더니 한성아를 보았다.

"성아야, 들어가자."

"응. 그치만 이성진 오빠도 함께 연주하면 좋을 텐데."

나는 한성아에게 빙긋 웃어 주었다.

"아니야. 나는 구경만 할게. 바이올린도 없고."

"내 바이올린 빌려줄게. 이성진 오빠는 악보만 봐도 그 자리에서 할 줄 알면서."

더 이상 자신의 바이올린을 가리켜 '용용이'라고 하지 않는 건, 한성아 나름대로 머리가 굵어졌단 걸 어필하는 모양이지만.

나는 한성아의 등을 툭툭 두드려 주었다.

"그거랑은 다르지. 오늘을 위해서 한군이랑 연습했잖아? 그걸 보여 줘야지."

"으응……."

한성아는 결국 마지못해 한성진을 따라 자리를 떠났다.

"귀여운데요."

리포터의 말에 PD는 픽 웃었다.

"응, 그렇지. 임 감독도 조금 쉬어 둬. 편집점을 잡을 테니까."

카메라 감독은 짧게 고개를 끄덕이곤 창틀에 걸쳤던 카메라를 다시 내렸다.

그리고 시간에 딱 맞춰서, 한성진 남매는 악기를 세팅한 뒤 연주를 시작했다.

첼로와 바이올린 협주에 맞춰 편곡한 캐롤이 흘러나오고.

그래 봐야 애들이 하는 재롱 잔치, 윤아름이라는 스타가 마련한 짧은 막간극 정도로 생각했던 모양인 PD의 표정은 갈수록 볼만해졌다.

잠시 멍하니 있던 PD는 카메라 감독의 어깨를 손가락으로 툭툭 두드려 한성아에 포커스를 맞추도록 지시했고, 카메라 감독도 이를 군말 없이 따랐다.

이어서, PD는 목소리를 낮춰 나를 보았다.

"그냥 윤아름이랑 친분이 있는 애……라고요?"

나는 어깨를 으쓱였다.

"뭐, 저희 어머니가 스승님이니까요."

"……바이올리니스트 서명선 씨요?"

그간 한성아의 바이올린 성취는 제법 뛰어나서, 내가 작년 여름에 참가했던 CBS 유소년부 콩쿠르의 저학년 바이올린 부문 준우승을 차지했을 정도였다.

'뭐, 작년에 그 일이 있고부터 백하운 선생이 한바탕 뒤집어 놓았으니 평가에 공정을 기해야 한단 눈치를 본 것도 없진 않겠지만.'

그렇다곤 하나, 바이올린을 배운 지 고작 1년이 넘고 2년이 채 되지 않은 한성아가 첫 콩쿠르에서 준우승을 차지했단 건.

'의외로 재능덩어리였잖아?'

이런 생각을 하게끔 만드는 데 충분했다.

그러고 보면 지난번 이모인 서명화가 한성아의 자질을 두고 '그 시절 언니보다 더 괜찮다'며 높이 평가했던 것은 틀리지 않았던 셈이었다.

그야 나에 비하면 의미가 조금 퇴색하지만, 그 기준을 수상쩍기 그지없는 나로 잡아선 곤란하다.

그쯤 하니 사모도 한성아의 재능을 인정하는 눈치였고, 이젠 이럭저럭 나에 관한 대리 만족과 소일거리 수준을 넘어 제법 진지하게 한성아를 가르치는 모습을 보였다.

비단 바이올린뿐만 아니라, 한성아는 다방면에 두루 소질이 있었다.

한성아는 이제 안동댁을 도와 요리도 곧잘 도울 줄 알았고, 소금과 설탕을 구분 못 해 짜기만 하던 쿠키를 굽던 때는 이미 옛말이 된 지 오래였다.

'저학년 기준이라 벌써부터 자랑하면 팔불출 소릴 듣겠지만, 공부도 제법 하고.'

그럴수록, 나로선 전생에 그만한 재능이 있으면서도 쥐죽은 듯 지내야 했던 한성아에 대한 안타까움만 물씬 더했다.

'이번엔 모쪼록 네가 하고 싶은 걸 다 누려 보았으면.'

한편 한성진도 한성아의 성화에 못 이겨 마지못해 콩쿠르에 참가했지만, 성적은 입선에 그쳤다.

'그것도 나름 대단하긴 하지만.'

뭐, 한성진은 어디까지나 한성아를 따라 배운다는 정도에 그쳤고, 음악엔 그다지 열과 성을 다하는 모습은 아니었으니까.

오히려 한성진은 작년 이휘철의 응급처치 이후 의사로서 진로를 진지하게 고민하는 듯했고, 전생엔 관련한 진로를 생각해 본 적도 없던 나는 이 변화를 가만히 지켜보기로 했다.

동시에 어쩌면, 나도 환경에 따라선 전혀 다른 길을 걸었을지 모른단 생각이 들었다.

"혹시."

PD의 말이 내 짧은 상념을 깨웠다.

"저 두 남매, 방송 출연을 희망하고 있지는 않습니까?"

"예? 아, 글쎄요."

내가 아는 한성진이라면 사양하겠지만, 이번 생의 한성아는 어떨지.

"그건 당사자에게 물어봐야 알 것 같군요."

"하지만……."

혹시 한성아 남매의 아버지가 우리 집에서 일하고 있으니 두 남매의 진로 정도는 내 의사만 있으면 충분하단 소릴 할 셈인가?

"……."

PD는 무언가 말하려다가 내 시선을 받곤 입을 꾹 다물었다.

"아뇨, 아무것도 아닙니다."

"예."

"아, 그렇지만."

PD는 어딘지 민망함을 감추려는 웃음을 지으며 말을 이었다.

"그렇다는 건 사장님께선 구태여 관여하지 않으시겠군요?"

"상황을 봐서요."

나는 혹시나 오해가 없도록 운을 띄웠다.

"저 애들한테 그런 의사만 있다면 말이지만요."

PD는 쓴웃음을 짓더니 이번엔 원장을 보았다.

"원장님. 전화 좀 빌릴 수 있겠습니까?"

"아, 전화는 원무실까지 가셔야 하는데……. 안내해 드리겠습니다."

아, 그래. 그런 시대였지.

주변 인물들이―심지어 한성진까지도―어떤 연유로든 핸드폰을 들고 있으니 깜빡할 뻔했다.

"제 걸 빌려드리죠."

나는 핸드폰을 건넸고, PD는 '애들이 핸드폰을 들고 다니나' 어리둥절한 얼굴을 했다가 새삼 내 신상을 떠올렸는지 쓴웃음을 지으며 얌전히 핸드폰을 받았다.

"감사합니다. 짧게 끝내겠습니다."

PD는 복도 구석으로 가더니 어디론가 전화를 걸었고, 드문드문 통화 내용이 귀에 흘러 들어왔다.

"형? 나야, 성수. 응, 저번에 말한 거. 어어, 그래. 촬영 중이야. 애 하나 구한다고 그랬지? ……응. 그래. 아직? 마침 잘됐네. 안 그래도……."

그러던 사이, 리포터가 '앗' 하고 입을 뗐다가 황급히 입을 틀어막으며 내게 바짝 다가왔다.

"혹시, 아버님이 삼광전자의 이태석 사장님이세요?"

혼자서 뭘 하나 했더니, 줄곧 그걸 생각하고 있었나.

"예, 그렇습니다만."

"우와, 우와, 우와."

리포터는 호들갑을 떨며 발을 동동 구르더니 마른침을 꼴깍 삼켰다.

"그럼 혹시, 가능하다면 인터뷰……."

"말씀드리지 않았나요? 오늘 주인공은 제가 아니라고요."

내 말에 리포터는 어깨를 축 늘어트리더니 통화 중인 PD를 힐끗 쳐다보곤, 멋쩍은 웃음을 지으며 머리를 긁적였다.

"……그래서였구나. 어. 음, 네. 그, 그랬죠."

"게다가 제가 참견할 일은 아니지만 한밤의 연예TV랑은 프로그램 성격도 다를 테고요."

"그러네요. 죄송해요. 조금 놀라서."

"괜찮습니다."

그러는 사이 연주가 끝났고, 한성진 남매는 윤아름이 사회를 보는 사이 짧은 휴식을 취하러 복도로 나왔다.

"대단해."

리포터는 소리 없이 박수를 치며 엄지를 들어 보였고, 한성아는 으쓱한 얼굴을 했다.

"저 잘했죠?"

"응, 백점 만점에 백점."

"그치만 이성진 오빠는 저보다 훨씬 잘해요."

그 말에 리포터는 나를 휙 돌아보았다가 '에이' 하며 픽하고 웃곤 이어서 흐뭇한 미소를 지었다.

"응, 그렇구나. 응, 멋진 오빠지."

"……진짠데."

나이에 맞지 않게 떨떠름한 얼굴로 중얼거리는 한성아를 두고, 리포터는 한성진에게도 재차 칭찬을 이어 갔다.

"너도 제법이던데? 그동안 첼로 하는 남자가 멋져 보일거란 생각은 못 했거든. 얼마나 배운 거니?"

한성진은 조금 쑥스러워하며 대답했다.

"1년 반 정도예요."

"진짜? 으음, 그럼 나도 지금부터 시작해 볼까……."

보통은 어림도 없겠지만,

마침 급하게 통화를 마친 PD가 조금 상기된 얼굴로 돌아와 내게 공손히 핸드폰을 돌려주었다.

"감사합니다. 잘 썼습니다."

"아뇨, 뭘요."

뒤이어 PD는 공연히 내 눈치를 한 번 살피더니 몸을 낮춰 한성아와 눈을 마주쳤다.

"저기, 이름이 한성아라고 했니?"

"네, 천화국민학교 2학년 3반 한성아입니다."

한성아는 예의 바르게 꾸벅 고개를 숙였고, PD는 빙그레 미소 지으며 고개를 끄덕였다.

"그래, 성아야. 혹시 너 TV에 나가 볼 생각 있니?"

"TV요?"

한성아는 눈을 동그랗게 떴고, 한성진은 잠시 '엥' 하는 얼굴을 했다가 나를 쳐다보았다.

'뭐, 대강 뉘앙스가 그럴 것 같긴 했지.'

친오빠였던 내 입으로 말하긴 뭣하지만, 한성아는 귀엽다.

게다가 나중엔 어머니를 닮아 미인으로 성장할 예정이기 까지 했다.

팔불출이라 하는 말이 아니라, 실제로 전생에 한성아는 고등학생 무렵 몇 번쯤 길거리 캐스팅도 받은 모양이었다.

그걸 두고 내게 '이러저러했다'는 걸 털어놓았던 적은 없었지만, 언젠가 쓰레기통에 버려진 명함을 보고 무슨 일인가 물었더니.

「신경 쓸 것 없어.」

하며 딱딱하게 답했던 적이 있었다. 그걸 두고 나는 그런 가능성에 대해 어림짐작했고, 어쩌면 그런 앞날도 가능성은 있었으리란 생각을 했던 기억이 있다.

전생의 한성아는 얼굴에 음울한 기색이 드리워진 것에 더해 남들이 쉽게 말을 붙이지 못할 오라를 풍기고 있었으나, 이번 생의 한성아는 활발한 천성이 아낌없이 발휘되어 환하게 빛나고 있었으니.

'오빠로선 벌레가 꾀지 않게끔 주의해야겠지.'

이번 생의 나로선 필요하다면 사설 경호원이라도 붙여 줄 예정이었다.

그런 것치곤 전생의 한성아에겐 의외로 남자가 꾀지 않았는데, 이는 어디까지나 다들 이성진과 모종의 관계가 있으리라 불쾌한 어림짐작을 했기 때문이었다.

정작 이성진은 다행히도.

「호박. 곰팡이 핀 메주. 꼬맹이.」

이따금 툭툭 그런 말을 할 뿐 한성아에 대핸 별다른 신경을 쓰지 않았고, 한성아도 이성진을 혼자서.

「개망나니.」

라고 부르며 경멸했다.

이성진은 여색을 밝히는 주제에 보는 눈이 없는 놈이었다.

아니면 어릴 적부터 어쨌거나 한 지붕 아래에서 자랐으니, 피차 서로를 하등 이성으로 보지 않은 걸지도 모르고.

아무래도 둘 사이엔 유사 남매 같은 감정이 남았는지도 모르겠다.

'이성진이 어떤 놈인지 뼈저리게 알고 있던 나로선 그나마 그게 다행이었지. 어쨌건 아주 짐승 같은 놈은 아니었던 모양이야.'

그에 비하면 이번 생엔 '커서 이성진 오빠랑 결혼하겠다'는 소릴 해 대니, 나나 한성진으로선 기뻐해야 할지 아닐지 잘 모르겠지만.

'뭐, 전생엔 나도 그런 소릴 들어 보았고, 나중엔 평범한 남매처럼 변하지 않겠어?'

한편 내가 '알아서들 하라'며 개입하지 않으려는 눈치이자, 결국 한성진이 슬그머니 둘 사이에 끼어들었다.

"그건…… 아버지께 여쭤봐야 할 거 같은데요."

한성진의 말에 PD는 고개를 돌렸다.

"아, 그렇지."

그러나 PD는 '자식 이기는 부모 없다'는 격언을 금구마냥 가슴에 새긴 듯, 여느 아이들이라면 동경하기 마련인 TV 출연을 두고 한성아의 허락만 받으면 만사가 형통하리란 생각을 하고 있음에 분명했다.

"그래도 일단은 당사자의 이야기도 들어 봐야 하니까."

"……."

그 대답에 한성진은 힐끗 한성아를 쳐다보았고, 한성아는 방긋방긋 웃는 얼굴로 입을 열었다.

"그러면 저도 언젠가는 아름 언니랑 같은 방송에 나올 수 있어요?"

당장은 어렵지.

윤아름은 아역 배우임을 차치하더라도 국내에선 이미 손에 꼽을 만한 톱급 배우였다.

어디까지나 그녀의 스케줄이 발목을 잡고 있을 뿐, 팔색조 같은 매력을 발산하곤 하는 윤아름의 연기 폭은 고정된 역할에만 국한되지 않아서, 필요에 따라 주연, 조연, 선역, 악역을 가리지 않고 두루 소화가 가능했으니.

하지만 PD는 영악하게도 현실적인 대답을 내놓는 대신.

"그건 성아 네가 어떻게 하느냐에 따라 다르지."

그런 식의 희망을 안겨 주는 답을 내놓았다.

그 앞에선 이런저런 사정을 제법 잘 알고 있는 편인 한성진도 동생을 생각해 가타부타 '그건 좀 어렵지' 하는 식의 답을 입 밖에 내놓진 않았고, 다만 어른의 에두른 화법에 홀로 혀를 내두를 뿐이었다.

"으음."

한성아는 고개를 갸우뚱하더니 제 오빠를 한 번 쳐다보았다가 나를 보았다.

"이성진 오빠는 어떨 거 같아?"

"나야 뭐, 성아 네가 하고 싶다면 얼마든지 지원해 줄 거야."

"으흥."

한성아는 어깨를 으쓱이곤 똘망똘망한 눈으로 PD를 바라보았다.

"그러면 아빠한테 여쭤볼게요."

"그래?"

PD가 씩 웃었다.

"그러면……."

PD는 주머니를 뒤적거리더니 명함을 몇 장인가 꺼내 한 장은 한성아에게, 한 장은 한성진에게, 또 나머지 한 장은 내게 건넸다.

"그러면 잘 부탁하마. 이야기가 잘 안 풀리거든 엄마한테도 말씀드리고."

그 말에 한성아는 '저 엄마 없는데요' 하는 대답 대신 말없이 고개만 끄덕였다.

'뭐, 한익태 씨라면 아마 반대는 하지 않겠지.'

나로서도 한성아의 자질이면 충분히 대성할 수 있으리란 생각이지만 연예계란, 내가 SBY를 통해 겪어 본바 실력이며 자질만으로는 성공 등식이 적용되지 않는 바닥임을 알게 되었기에.

　'이래저래 먼 훗날 그런 길도 경험을 해 보았다는 추억은 남게 될 거야.'

　적극적인 개입은 하지 않는 선에서 가만히 지켜보기로 했다.

　'소속사며 매니저는 내 쪽에서 지원해 주겠지만.'

　이윽고 다시 차례가 되자, 한성진은 양해를 구한 뒤 복잡한 얼굴로 무대를 향했고, 한성아는 방긋방긋 웃는 들뜬 얼굴로 한성진의 뒤를 졸졸 따랐다.

　컨테이너 박스 여러 개를 이어 붙인 고아원 식당은 아무리 좋게 포장해도 훌륭한 장소라고 말하긴 어려웠으나, 남경민을 비롯한 자원봉사자들에 의해 청소며 소소한 크리스마스 장식을 곁들인 덕에 그나마 훈훈한 온기로 가득했다.

　오성환을 위시한 시저스의 스탭들이 차린 늦은 저녁 식탁은 풍성했다.

　고민 끝에 시저스는 이번에도 식당의 원래 컨셉처럼 뷔페를 차렸고, 방송국 카메라는 그런 식당 정경을 한 차례 찍은 뒤 차림 메뉴에 포커스를 두고 재차 촬영을 이어 갔다.

그 외에도 각각의 식탁 위엔 이진영이 준비한 화덕 피자가 제법 먹음직스럽게 놓여 있었고, 개중엔 피자를 생전 처음 보는 애들도 있었던 모양인지, 휘둥그레 식탁 위의 화덕 피자를 보는 눈도 더러 있었다.

인기는 윤아름에게 잔뜩 몰려 있었는데, 고아원 원아들은 저들끼리의 유대 의식과 벽을 치는 원생들 특유의 낯가림도 앞서 윤아름이 보여 주었던 무대에 그 얼음으로 만든 벽이 사르르 녹기라도 한 양, 일부는 쭈뼛대며, 일부는 대놓고, 일부는 애써 무관심하다는 양 윤아름이 앉은 주위로 와락 모여들어 그녀 주변 자리도 제법 복작거렸다.

"자, 아까 제비뽑기했던 대로 자리에 앉아야지. 거기 너, 피자에 손 떼."

후속 촬영 및 인터뷰를 마치고 돌아온 윤아름은 나와 합류하고 싶은 눈치를 은근슬쩍 내비쳤다가도 프로다운 태도로 금세 아이들과 융화되어 자리의 왁자함을 그녀가 가진 오라로 제어하고 있었다.

뒤이어 윤아름은 고개를 홱 돌려 조인영을 쳐다보았다.

"인영 오빠, 오빠도 보고만 있지 말고 애들 좀 챙기세요."

"하고 있는데?"

"입에 든 거나 삼키고 말씀하시죠."

"에이, 뭘. 크리스마스잖아?"

"그걸 모든 면죄부인 양 말하지 말라고요. 그리고 엄밀히 말해 크리스마스 시즌이지, 당일도 아니거든요."

그 모습을 멀찍이서 지켜보고 있던 이진영은 픽 웃으며 내 맞은편에 앉았다.

"애들은 애들이네."

말하는 양을 보아하니 윤아름의 무대가 있기 전에는 고아원 애들 특유의 쭈뼛거림이 있었던 모양이었다.

"친해진 걸 보니 무대가 괜찮았나 본데?"

"그랬죠. 어쨌거나 프로니까요."

그 뒤 이진영은 빙긋 웃는 얼굴로 내 주위에 앉은 한성진 남매를 바라보았다.

"안녕. 니들이구나? 이야기는 많이 들었어."

"아, 안녕하세요."

한성진의 인사에 이진영은 그 특유의 거리낌 없는 미소로 화답했다.

"응, 만나서 반갑다. 네가 한성진이지?"

"네. 아, 여기는 제 동생인 한성아입니다."

"그래. 모쪼록 그냥 동네 친한 형처럼 생각해 주면 고맙겠어."

이진영은 정말 친근한 동네 형인 양 인사하곤 있었으나, 그 사뭇 문어체적인 발화는 나로 하여금 어딘지 모르게 의도적인 거리감을 두는 듯 느껴졌다.

한성진 남매도 이진영으로부터 그런 위화감을 느낀 듯했지만 이를 내색하진 않았고, 다만 한성아는 내 곁에 꼭 붙어서 이진영을 곁눈질로 힐끗거렸다.

'하긴 이진영은 무슨 생각을 하는지 도통 알 수 없는 녀석이긴 하지.'

한편 이진영은 그런 남매의 분위기를 읽고도 태연하게 사근사근 말을 붙였다.

"성아랬지. 아까 잠깐 연습하는 걸 들었는데, 누구한테 배웠니?"

"네? 아, 그, 사모님요…….."

"그랬구나. 그러면 배운 지 아마 1년 조금 넘었겠네."

하지만 그런 위화감도 잠시, 이진영은 특유의 조곤조곤하고 매너 있는 모습으로 금세 어색함을 풀었고, 얼마 지나지 않아선 자연스러운 대화를 이어 갈 정도가 되었다.

"진영이 오빠는 그럼 이성진 오빠 사촌이예요?"

"응. 정확히는 육촌. 그러니까 우리 할아버지가 이휘철 회장님의 형님이고…….."

수상쩍기는 하지만, 따지고 보면 이진영이야말로 순정만화에 나올 법한 '왕자님' 캐릭터에 걸맞은 녀석이었다.

잘생긴 얼굴에 부자이면서 겸손하고, 제법 다재다능한 됨됨이까지.

"그렇지, 나도 첼로는 조금 배웠는데."

"정말요? 형은 몇 년쯤 하셨어요?"

한성진도 어느새 경계를 풀고, 이진영이 의도한 대로 그를 '동네 친한 형'처럼 대하고 있었다.

'금세 공통 화제를 찾아내고 공감대를 형성해 남들과 쉽게 친해질 줄 알아.'

그런 이진영의 면모가 빛을 발할수록, 그를 향한 내 은근한 경계심은 깊어만 갔지만.

'전생에만 하더라도 나를 길가의 돌멩이 취급하더란 걸 떠올리면, 마냥 호의를 가지긴 힘들어.'

그로선 짐작도 못 할 것이다.

이어서 차례차례, 봉사 인원들이 마련한 식순대로 일이 처리되었다.

원장의 주도로 식사 전 기도를 올리고, 그녀의 묵인하에 평소보다 와자지껄한 식사가 끝난 뒤, 선물 전달 및 원아들이 준비한 장기자랑이 이어졌다.

'굳이 분류하자면 2부 행사쯤 되겠군.'

모든 게 무탈해 보였다.

행사는 그 정도 선에서 자연스럽게 끝날 듯 보였고, 나는 한성아가 졸린 눈을 부비며 꾸벅꾸벅 조는 양을 지켜보다가 고개를 돌렸다.

'……이제 적당히 자리를 정리하고 끝내면 되겠, 응?'

자연스럽게 시선을 돌리며, 그저 우연히 눈이 마주쳤다, 고 생각했는데.

우연이 아니었다.

그 여자애의 눈동자는 줄곧 나를 향해 있었고, 순간, 나는 그 눈동자에 이끌리듯 그녀를 마주 보았다.

눈동자.

한참 멀리 떨어진 그 눈.

동시에 나는 무어라 형용하기 힘든 감각에 휩싸였는데, 이때의 감각을 굳이 풀이해 보자면.

세상에 마치 우리 둘만이 남겨진 듯했다.

그렇다고 해서 어떤 통속적인 감정적 격류가 가미된 비유를 들먹인 표현은 아니었다.

그건 오히려 그녀의 존재를 이 세상에서 나 홀로 자각했단 감각에 가까웠고, 이는 마치 유령이나 헛것을 본 것처럼 서늘하고 불쾌한, 위화감 가득한 느낌이 오소소한 소름과 함께 나를 옅은 막처럼 덮어씌웠다는 느낌이었다.

앞서 원장에겐 모른 척 의뭉스레 원아들의 숫자와 대략적인 인적 사항을 물어본 나였지만, 나는 이미 사전에 관련 서류와 원생들의 인적 사항을 꿰어 두고 있었다.

누차 기억력에는 자신이 있었고, 대략적으로 29명의 프로필을 대조해 누가 누구인지 얼추 알고 있던 나지만.

나는 그녀를 보자마자 무의식중의 부지불식간에 '누구지'

하는 생각을 떠올리며 얼른 원아들의 숫자를 헤아려 정확히 '29명'이 아직 이 자리에 모여 있음을 재차 확인한 뒤에야 그녀가 누구라는 걸 간신히 떠올릴 수 있었다.

'아마도 전예은……이라는 여자애겠지.'

고작 세 명에 불과한 고아원 중학생임에도 그 프로필을 얼른 떠올리지 못해 머릿속으로 소거해 가며 떠올린 그 이름.

가장 나이가 많은 원생이 중학교 3학년생이니, 기껏해야 지금 나보다 몇 살 더 먹었을 뿐이겠지만.

극단적이고 비현실적이리만치 존재감이 희미한 그녀를 보며, 기묘하게도 나로선 머릿속의 프로필과 달리, 그 나이를 도통 책정할 수 없었다.

때로는 나보다 한참 연하인 것처럼 느껴지는가 하면, 때로는 원장 수녀보다 나이가 많단 생각이 들기도 했다.

그리고 그 존재를 자각하자마자 아득하게 먼 곳에서 들리는 듯한 주위의 왁자한 소음이 인지되면서, 나는 누군가 등을 떠밀어 현실 속으로 나를 밀어 넣는단 자각과 충격적으로 부딪혔다.

"……해서, 응? 성진아, 듣고 있어?"

고개를 돌리니 언제부터인가, 윤아름이 내 곁에서 무어라 재잘거리는 중이었다.

"아, 어, 으음. 뭐였지?"

"뭐래. 성아가 TV에 나오게 되면 학교생활이랑 스케줄을 병행하기 어려울 거란 이야기야."

"그랬나?"

윤아름은 잠시 입을 다물었다가 걱정스레 나를 보았다.

"저기, 혹시 피곤하니? 졸려?"

"……아니."

그 순간 나는 방금 전까지 윤아름과 함께 한성아의 TV 출연과 관련해 이야기를 주고받고 있었단 기억이 떠올랐고, 그에 따라 방금 전까지 누군가와 눈을 마주치고 위화감을 느꼈단 기억은 동시에 윤아름과 대화를 나눴단 체계적인 기억과 혼재되며 무엇이 실재였는지 분간이 되지 않는단 생각에 미쳤다.

마치 그 짧은 순간, 술에 취해 필름이 통째로 날아간 듯했다.

'……윽.'

동시에, 이마 위 흉터가 욱신거렸다.

"괜찮아? 갑자기 인상을 찡그리고."

"아니, 괜찮아."

나는 손에 밴 식은땀을 바짓단에 문질러 닦으며 애써 태연하게 말을 받았다.

"누님 말마따나 아무래도 좀 피곤했나 봐."

"으음. 하긴, 일 마치자마자 바로 왔댔지. 나중에 천천히 이야기하자."

"응……."

나는 윤아름의 말을 적당히 얼버무리곤 고개를 돌렸다.

'어디 갔지?'

분명, 방금 전만 해도 저 멀리서 눈을 마주치고 있었는데.

그리고 나는 식당 출입구 끝에서 다시금 그녀를 찾았다.

순간, 다시 눈이 마주쳤단 생각이 들자마자 그녀가 나를 부른단 확신이 들었다.

나는 천천히 자리에서 일어나 발걸음을 옮겼다.

2장

불가사의, 규정되지 않는 비이성적인 것, 신비, 환상…….
내가 좋아하지 않는 것들이다.

그러나 이미, 이성진의 몸에 들어와 그 인생을 다시 한번
더 살고 있는 나 자체가 그런 것과 무관하지 않은 존재였다.

나는 그것을 자각하고 있으면서도 이를 애써 외면해 왔는
데, 비록 그것이 내 현상을 이루는 근간 요소라곤 하나 생각
해도 답이 나올 리 만무한 불가해에 발을 들여 보아도 내가
등대 하나 떠 있지 않은, 별빛조차 보이지 않는 어두운 밤 망
망대해 한가운데 놓여 있단 사실은 변하지 않기 때문이었다.

그러니 나로서는 전생의 기억, 시대의 흐름을 파악하고 있
다는 희미한 정보의 조각만을 쥔 채 언제고 나를 집어삼킬지

모를 해류(海流)에 맞서 온 것이었는데.

그러던 와중 나는 이번에 고아원에서 만난 전예은이라는 여자애로부터 그런, 외면하려야 외면할 수 없는 현상을 몸소 체험하며 이를 새삼스레 자각하였고.

지금 내 눈앞에 나타난 그녀는 그 밤바다에서 나타난 등대인지, 혹은 별빛인지, 이도 저도 아니면 나를 집어삼키려 기다리며 유혹하는 아귀의 호롱불인지 분간할 수 없는 존재로 내 앞에 다가왔다.

그나마 한 가지 위안이 되는 사실은 내가 탑승한 이 배가 제법 튼튼하더란 것과, 손에는 마음만 먹으면 던져 버릴 수 있는 작살이 들려 있단 점이었다.

'지금은 이 인연이 우연인지 필연인지는 알 수 없어.'

나는 이 순간, 그 누구도 우리를 주목하고 있지 않다는 점을 떠올리며 그녀에게 다가갔다.

그녀는 식당 뒷문, 실내의 훈기가 사라져 새하얀 입김이 겨울 밤하늘에 닿았다 스러지는 공터에 홀로 우두커니 서 있었다.

나는 '왜-어떻게-나를 불렀는가'부터, '너는 누구냐'고 묻고 싶은 것을 억누르며 그 곁으로 다가갔고, 그녀는 인기척에 고개를 돌려 말똥말똥한 눈으로 나를 바라보다가 슬쩍 고개를 숙였다.

"안녕하세요."

그러면서 두 눈은 여전히 나를 주시하고 있었는데, 그 눈에는 방금 전, 고아원 식당 안에서 겪었던 불가해한 체험—일종의 불쾌한 신비감—이라곤 하등 존재하지 않았고, 그녀의 커다란 동공이 내 등 뒤의 식당 불빛을 받아 맑게 빛나고 있을 뿐이었다.

상념을 깨트린 건 재차 이어진 목소리였다.

"혹시 바람을 쐬러 나오셨나요?"

현재로선 그녀가 뻔뻔한 건지, 앞서의 체험에 내가 과민반응을 하고 있을 뿐인지 모르겠다.

나는 '그쪽이 불러서 나왔다'고 대꾸하는 대신, 일단 적당히 맞장구를 쳐 주었다.

"예, 뭐. 그렇습니다만."

내가 기억하는, 프로필에 기재된 전예은의 나이는 중학교 3학년.

올해가 지나면 고아원을 나서야 할 나이였음에도 불구하고 한편으론 내 또래처럼도 보이는 몸집이 조그마한 여자애였다.

그렇다곤 해도 어쨌건 프로필상으론 연상이었고, 앞서 고아원에서 느꼈던 인상에서 겪은 혼재된 경험 탓에 나는 말을 높여 주었다.

전예은은 나를 물끄러미 쳐다보더니 고개를 돌려 밤하늘을 올려다보았다.

"그런 이야기를 어디서 읽은 기억이 있어요. 도시에서 별빛이 잘 보이지 않는 건, 주위에 빛이 많아서 그렇대요. 그런데도 여기서는 별이 잘 안 보이네요."

웬 뜬금없는 소릴 하나 싶었지만, 나는 그 말을 받아 주었다.

"광해, 빛 공해라 불리는 것 때문이죠."

"잘 아시네요. 혹시 천문학에 관심이 있으신가요?"

"아뇨, 어쩌다 보니 알고 있던 것뿐입니다."

전예은은 잔잔한 미소를 지으며 나를 보았다.

나는 그걸 보며 왠지 나이에 걸맞지 않은 웃음이라고 생각했다.

"소개가 늦었죠. 전예은이라고 합니다. 이성진 사장님이시죠?"

"예."

"원장 수녀님께서 오늘 행사가 있기 전에 말씀해 주셨거든요."

그녀는 내 정체를 알고 있던 게 별것 아니라는 듯 웃으며 말을 이었다.

"사장님 덕분에 오늘 하루가 즐거웠어요. 감사드립니다."

그녀의 꿍꿍이며 정체야 어찌 되었건 간에, 방금 한 인사만큼은 진심으로 들렸다.

"그렇게 생각하셨다니 보람은 있군요."

"네. 다른 아이들도 쑥스러워서 입 밖으로 말하진 않지만 다들 그렇게 생각하고 있을 거예요."

말씨가 제법 조숙했다.

이건 환경이 낳은 조숙함인지, 아니면 그녀 개인의 성취인지 현재로선 분간하기 어려웠다.

"말씀하시는 게 어른스럽네요."

그래서 나는 이를 슬쩍 찔러보았는데.

"여기선 맏언니니까요."

전예은은 능청인지 겸손인지 모를 말씨로 내 말을 받아넘겼다.

"그러시는 사장님께서도 참 어른스러우신걸요? 어떻게 보면 인영 오빠보다 더요."

아무리 그래도 원래라면 고등학생쯤일 조인영과 비교하는 건 좀 그렇지.

달리 말해, 나와 맞상대하는 전예은도 그런 면에선 이따금 조인영보다 어른스러운 면모가 엿보였다.

"위치가 사람을 만든다고 하죠. 아마 그래서일 겁니다."

"저도 마찬가지예요. 만일 제가 어른스러워 보였다면 맏언니라는 위치가 저를 그렇게 만든 거겠죠."

그러면서 전예은은 손날을 세워 정수리 위를 휘휘 그었다.

"키는 사장님보다 작지만 말이에요."

"성장기잖아요?"

"우유랑 멸치만으론 안 되는 것도 있단 거예요."

내 심심한 위로를 전예은은 농담조로 받았다.

이어서.

"또 모르죠. 내년부턴 더 이상 맏언니가 아니게 될 테니 그때 가선 어떻게 바뀔지."

"......"

요한의 집은 정책상 중학교를 졸업하고 나서부턴 퇴원 조치가 내려진다.

마침 전예은은 (외견상으론 그렇지 않아도)중학교 3학년, 얼마 남지 않은 올해가 지나면 이곳을 나가 자립을 해야 할 때였다.

"이번에 요한의 집을 나가겠군요."

내 말에 전예은은 고개를 끄덕였다.

"아시는군요. 네. 이곳에선 중학교 졸업 이후 자립, 또는 타 보호 시설로 자리를 옮겨야 하거든요."

"전예은 씨는 어떻게 하실 예정입니까?"

"이곳 출신인 다른 언니 오빠들과 비슷하죠. 자립하는 길을 택했어요."

"......"

"이제 와서 다른 보호 시설로 들어간다 한들, 거기서 새로 인간관계를 쌓아 올리는 건 아무래도 부담스럽거든요."

전예은이 미소를 지었다.

"앞서 이곳을 나간 언니가 있으니, 잠시 동안 함께 생활할 예정이에요. 같은 고아원 출신끼리는 유대 관계가 끈끈한 편이어서요."

한편으론 그렇기 때문에 다른 보호 시설로 뒤늦게 들어간다는 건 그들 사이에 형성된 카르텔 속으로 굴러들어 간 돌이 되겠단 의미였고, 이는 한 고아원 출신이 뒤늦게 타 보호 시설에 들어가는 심리적 저항을 표현하는 것이기도 했다.

"가서는요?"

"⋯⋯."

전예은은 대답 대신 희미한 미소를 지었다.

'⋯⋯나도 몰라서 물은 건 아니지만.'

그녀가 실상은 어떤 인물이건 간에, 현시점의 입장상 사회적 약자라는 사실 자체는 변하지 않는다.

전생의 나는 이래저래 개인적인 사정상 사회의 이면을 적잖이 보아 왔다.

모두가 그렇다는 건 아니고, 나 또한 일부에 국한된 케이스라고 생각하고 싶지만.

동시에, 이는 고아원 출신의 굴레이기도 했다.

나조차도 그 모든 유혹을 극복하고서 자립에 성공한 고아들을 내심 높이 평가할 정도였으니, 내게도 어느 정도 남들과 다를 것 없는 사회적 편견이 내재해 있는 걸지도 모르겠다.

고아원 출신은 대개 어렵지 않게 범죄의 온상에 노출되기 마련이었다.

그건 사회복지 제도가 제대로 자리 잡지 않은 쌍팔년도에 국한된 것은 아니었다.
　전생의 내가 알았던 누군가가 들려준 이야기다.

「우리한텐 우리 나름대로 방법이 있죠.」

　녀석이 밝힌 이야기는 이러했다.
　같은 고아원 출신 또는 뜻이 맞는 이들이 모여 어떻게든 단시일 내에 목돈을 마련하는데, 밑천이라곤 없을 이들의 가장 흔한 방법은 아무래도 절도 혹은 사기였다.

「요즘 애들은 중고마켓을 쓰던데.」

　그러면서 한 말이, 허위 매물.
　'요새 애들'은 온라인 중고마켓에 올라온 허위 매물을 입금받는 식으로 목돈을 만든다나.

「제 윗대는 앵벌이였는데 말입니다.」

　녀석은 킬킬거리며 웃었다.
　하지만 그 방법이란 시대를 막론하고 어수룩하기 짝이 없어서 대개 오래 지나지 않아 체포되기 마련이고.

이들은 부정한 방법으로 벌어들인 돈을 어떻게든 현물로 만들어 두고, 수사망이 좁혀 올 때 즈음 누군가 한 명, 총대를 멘다.

그리고 이들은 '유흥비로 모조리 탕진했다'며 배 째라는 식으로 큰집엘 들어가고, 짧은 형기를 마친 후엔 패거리가 보관한 제 몫을 찾아가는 것이다.

이들은 빨간 줄이 그이는 것보단 단시일 내에 목돈을 마련하는 걸 선호하는 편이었다.

「어차피 잃을 것도 없는데, 빨간 줄 한두 개 그이는 정도가 대수겠습니까.」

그러면서 변명처럼 뱉은 말이 '남들 대학 가고 아르바이트한 시간을 큰집에서 때운 셈치는 거'라고, 녀석은 스스로를 합리화했다.

'지금은 아니지만, 조인영도 처음 만났을 당시엔 그런 면모가 엿보였지.'

아무튼 그렇게, 돌아가며 총대를 메다 보면 적잖은 돈이 마련된다는 게 이론상의 이야기.

그러나 세상만사, 그렇게 쉽지만은 않다.

그들 간의 유대라는 건 신의와 의리라는, 신기루처럼 얄팍하고 형체 없는 것에 기대는 경우가 대부분이고, 그사이 패거리는 입 싹 닦고 신기루처럼 증발하기 일쑤.

그걸 두고 종종 그들 간에 칼부림이 일어나기도 하는 모양이고, 그 뒤는 벗어나기 힘든 순환 고리 속에 놓인다.

'뭐든 처음이 어렵지, 두 번째부턴 그렇지 않으니까.'

설령 범죄와 연루되지 않더라도 어디 식당에라도 들어간 이들은 악덕 점주를 만나 돈을 떼이고 쫓겨나거나, 사기를 당해 몇 푼 되지 않는 정부 지원금을 떼이는 경우, 아무도 알려 주지 않으니 멋모르고 당한 부동산 입주 사기 등등의 역경이 기다리고 있다.

그 정부 지원금이라는 것도 존재 자체를 몰라서 받아 내지 못하는 경우가 부지기수.

다만 그것도 조직폭력배 따위가 자취를 감춘 근 미래의 이야기였고, 내 또래 무렵의 이 시기는 더했다.

그들에겐 그들 나름의 인맥에서 비롯한 정보망이 있고, '서로 치고받느라 싸움에는 잔뼈가 굵은' 고아원 출신에게 스카웃 제의가 오는 건 대기업이 업계 경력자를 노리는 것과 비슷한 선상의 이야기였다.

'그러고 보면 조인영의 케이스는 무척 운이 좋았다고 할 수밖에.'

나를 만나 그럴듯한 일을 얻어 적잖은 월급을 받아 가는 것까진 차치하더라도, 그는 인성 좋은 개인 후원자를 만나 이래저래 풍족하진 않더라도 그 나름의 길을 개척해 나가고 있었으므로.

'그 과정에 약간의 헤프닝이 있긴 했지만, 결과적으론 잘된 일이었지.'

하지만 이런 이야기도 어디까지나 '남자'들의 이야기였다.

전예은과 나 사이엔 기묘한, 하지만 외려 자연스럽게까지 느껴지는 침묵이 맴돌았다.

"저는."

전예은이 입을 뗐다.

"어딘가에서 아르바이트라도 하면서 검정고시를 볼 생각이었어요."

과거 시제.

내가 짧게 생각한 사이, 그녀가 고개를 들어 나를 똑바로 쳐다보았다.

추위 탓일까, 전예은의 코끝이 빨갰고, 얼굴엔 홍조가 올라와 있었다.

"사장님을 만나기 전까지는요."

"……."

나는 그런 그녀를 가만히 쳐다보다가 입을 열었다.

"저를요?"

"예."

나오는 양이 제법 당돌하긴 했으나.

하는 말에 따라선, 나 역시 필요하다면 얼마든지 나름의 조치를 취할 준비가 되어 있었다.

'그래. 그녀의 정체가 뭐건 간에 현시점에서는 내가 월등한 갑의 위치니까.'

나는 전예은이 손을 뒤로 돌리며 양손을 꾹 맞잡는 양을 보았다.

맞잡은 손가락이 비꾸러지고, 손가락 끝이 빨개질 만큼, 꾹.

이어서 그녀는 습, 하고 짧고 강하게 숨을 들이쉬더니 그녀가 맞잡은 손처럼 강한 어조로 말을 이었다.

"사람, 필요하시죠?"

그녀의 말은 제법 당돌하고 치기 어린 바가 없잖아 있었다.

그 말에 나는 빙그레 미소를 지었다.

"조인영 씨에게 들으신 모양이군요."

"……."

그녀의 의도야 어쨌건, 회사가 성장하면서 만성적인 인력난에 부닥쳐 오고 있다는 것 자체는 사실이었다.

하지만 그렇다고 해서 몇 달 뒤 중학교를 졸업할 예정인 어린애의 손을 빌려야 할 만큼 곤궁하진 않았다.

'그녀가 평범한 중학생이라는 전제하에서의 이야기지만, 어째 평범할 리는 없다는 확신이 드는군.'

다만, 아직 그 꿍꿍이며 실체를 파악하기 전이었다.

그녀는 나이에 비해서도 제법 영특해 보이긴 했으나, 나 역시 '나이에 비해서'라는 이유만으로 무턱대고 사람을 뽑지는 않는다.

'전생에 한가락 했거나, 예정하고 있는 사업에 도움이 될 능력을 갖추고 있다면 또 모르지만.'

나 스스로도 그녀에 대해 품고 있는 어떤 의혹을 완전히 배제하진 않은 상황이어서, 일견 무탈해 보이는 대답을 해 주었다.

"맞아요. 저희 회사는 언제나 사람이 부족하죠. 전예은 씨가 정확히 어떤 의미로 하신 말씀인지는 모르겠으나 사실상 조인영 씨의 동생이나 다름없는 사이시니, 필요하시다면 시저스에 일자리를 알아봐 드릴 수도 있습니다."

이 정도면 나로서도 몇 걸음 양보한 특혜이면서, 동시에 그녀가 처한 환경에서 취할 수 있는 선택 중 최선일 것이다.

내가 슬쩍 찔러본 말에 전예은은 입을 꾹 다물고 마른침을 꼴깍 삼킨 뒤, 새하얀 입김에 섞어 토해 내듯 대답했다.

"사장님의 제안에 감사드립니다. 하지만, 굉장히 염치없고, 또 무례할 수도 있는 이야기입니다만, 저라면 다른 일도 해낼 수 있어요."

"다른 일?"

"예. 이를테면……."

그녀는 나를 뚫어져라 쳐다보다가 입을 뗐다.

"저는 사장님이 하시는 의사결정 과정에 도움을 드릴 수 있어요."

"……의사결정 과정이라."

그녀의 말마따나 염치없고 무례한 이야기였다.

세상 어느 천지에—나라는 특수 사례를 제외하면—실력이 검증되긴커녕 가문의 배경도 없는 데다 그것도 중학교 졸업 예정인 여자애를 '회사의 의사결정 과정에 필요하다' 해서 덜컥 뽑겠는가.

다만 그것은 일반적인 사례일 것이고.

개인적으론 '어쭈?' 하는 생각이 든 것도 사실이다.

'나 또한 적극적으로 자신의 의사를 개진하는 인재를 싫어하진 않지. 하지만.'

나는 전예은에게 미소를 지었다.

"말씀만 들으면 상당히 막연한걸요. 그렇다면 회사에는 어떤 식으로 도움을 주실 수 있습니까? 특기할 만한 사례가 있나요?"

나로선 반쯤 농담 삼아 가시를 섞어 한 말이지만, 전예은은 당당히 대답했다.

"인영 오빠를 컴퓨터 부품 업체에 소개한 게 저예요."

응?

"저, 사람 보는 눈이 있다고 자부하거든요."

전예은의 갑자기 훅 치고 들어온 단도직입적인 말에는 나도 모르게 당황했다.

'……정말인가? 조인영에게 물어보면 탄로 날 거짓말을
지어낼 정도로 멍청해 보이진 않는데.'

혹시 뭔가, 내 당숙인 이태준처럼 '나 관상을 볼 줄 아는
사람이네'하며 거들먹거리기라도 할 셈일까.

또 설령 그렇다고 한들, 조인영이 내 회사에 온 건 결과론
적인 우연과 인연이 닿아서 생긴 일이었을 따름이다.

그녀로선 단순히 조인영을 관찰해 온 결과 손재주가 좋고
머리 회전이 빠른 그에게 적당한 일을 권해 준 것에 불과할
지도 모르고.

'그녀의 말이 사실이라고 전제할 경우, 잴 것 없이 그런 관
찰력만 놓고 보아도 대단하긴 하지만, 이 역시도 결과론에
불과해.'

전예은은 태연하게, 그러나 일견 조심스러우면서도 과하
지 않게 말을 이었다.

"그 외에도 몇 가지 있지만…… 사장님도 이 자리에서 납
득하고 이해하실 만한 건 그 정도입니다."

"……."

나는 턱을 긁적였다.

"그렇다면."

그 뒤, 허리를 낮춰 전예은 앞에 얼굴을 바짝 들이댔다.

"사람을 볼 줄 안다고 하셨죠? 저는 어떻습니까? 물론 나

름의 견해가 있으시겠죠?"

그녀는 물러서지 않고 대답했다.

"사장님이라면 제가 드린 말씀을 터무니없다고 여기며 그 과정에 합리성을 찾으시겠죠. 그러나 한편으론 직감을 중요히 여기시고요."

나는 몸을 뒤로 물렸다.

"바넘 효과군요."

바넘 효과.

점쟁이들이 흔히들 들먹이는 '당신은 이런 사람이군요' 하는 방법론 중 하나로.

여러 가지가 있지만, 이를테면 '당신은 남들에게 말하기 힘든 열망을 하나 정도는 품고 있습니다.' 하고 말하면.

십중팔구는 '어라, 어떻게 알았지?' 하고 놀라기 마련이다.

그야 그럴 수밖에.

그건 당신에게만 적용되는 이야기가 아니니까.

누구나 남들에게 말하지 못할 비밀이며 터무니없는 열망을 한 가지쯤은 품고 있기 마련이고, 그런 보편성은 인간이 A 혹은 B, 흑이나 백으로 규정되지 않는 회색 지대를 교묘하게 노리는 이야기로 흘러나오기 마련이다.

전예은이 방금 했던 '합리성'과 '직관'이라는 일견 상반되어 보이는 요소의 교집합적 내용을 들먹인 것조차 누구라도 할 법한 생각에 다름 아니다.

그러나 전예은은 내 지적에 눈 하나 깜빡하지 않으며 말을 받았다.

"네. 그렇게 말씀하실 줄 알았어요."

"그것 역시도 검증은 되지 않는군요."

나는 미소 띤 얼굴로 말을 이었다.

"전예은 씨의 주장대로라면, 제가 이 자리에서 당신을 채용하지 않으리란 것도 잘 아시겠죠. 그런데도 제게 그런 제안을 하셨다는 건, 달리 말해서."

나는 미소를 슬며시 거두었다.

"스스로가 사람 보는 눈이 있다며 주장할 근거로는 부족하지 않겠습니까?"

나는 외부에서 보면 인사에 제법 파격적인 케이스일 것이다.

이를테면 공가희 같은 경우, 남들 보기엔 길다가 덥석 주워 든 것처럼 보였겠지만, 실상은 그 자리에 있었던 천희수를 통해 가능성을 연역해 두고 가능성을 열어 둔 상태에서 '윤아름의 녹음'이라는 검증 과정을 거쳤던 바였다.

조인영도 다르지 않다.

조인영의 경우는 그가 사전에 만들어 낸 자체 OS가 탑재된 물건, 그리고 뒤이어 검증된 조인영의 능력을 통해 그를 중용하기 시작한 것으로, 조인영은 내 기대를 벗어나지 않으며 지금은 DDR을 비롯한 각종 분야에서 가시적인 성취를 이룩하고 있었다.

물론 전예은도 나이에 비해 제법 조숙하긴 했지만, 더 이상 스타트업 운운하기 힘든 지경에 이른 지금 와서 한때의 기분만으로 중졸자를 측근으로 채용하는 건.

'쓸데없는 이야기가 나오기 좋지.'

아이돌 연습생을 뽑는 것과는 다르다.

그녀가 요구하는 바는 회사, 그것도 필요에 따라선 사장실을 들락거려야 하는 일이었으며 그러잖아도 이런저런 소문이 무성할 내가 사방의 적인지 아군인지 모를 주변 상황의 리스크를 감수해 가며 전예은을 뽑는다니.

더군다나 나 스스로가 '(대놓고 말하진 않았지만)나 관상가일네' 하는 인물을 신뢰할 리도 만무하고.

전예은은 차분한 어조로 내 말을 받았다.

"왜냐면 오늘이 아니면 기회가 없을 테니까요."

흐음?

"그야 사장님께서 오늘 저희 고아원을 방문하신 것 자체가 이례적이고, 앞으로 이곳에 볼일이 있다고 하면 사장님 스스로 움직이지 않으실 테죠. 그래서 실례임을 알고도 굳이 말씀드렸습니다."

그녀가 주장한 대로 '사람 보는 눈이 있다'는 걸 전제로 하면, 이번 대답은 관련해 나쁘지 않은 통찰을 보여 주고 있었다.

'하지만 그뿐만은 아니겠지.'

전예은의 꿍꿍이를 모두 간파한 건 아니었지만, 일단 내게 접근한 구실로선 그럴듯했다.

'첫인상에서 느낀 수상쩍은 신비감만 아니었더라면, 또 그녀의 나이와 환경을 고려하지 않으면 한번 생각해 봄 직도 했겠지만.'

지금으로선 단순히 '제법 머리가 좋은 정도'인지, 무언가 내가 느낀 불가해한 능력을 갖추고 있는지 알 수 없었다.

'오히려 차라리 그냥 머리가 좋다, 는 수준이면 좋겠는데.'

내 생각을 아는지 모르는지 전예은이 말을 이었다.

"지금 당장 답을 주시지 않아도 됩니다. 저도 그럴 것이란 생각은 하지 않았으니까요."

그러면서 전예은은 슬슬 돌아가야 할 타이밍이란 걸 알리듯, 나를 지나쳐 바닥에 붙어 떨어지지 않을 것 같은 발걸음을 뗐다.

"몸이 춥네요. 이제 돌아가서 '로제 핫초콜릿'을 마시면 적당히 기분이 좋을 것 같아요."

오래전부터 윤아름이 광고하는—그놈의 첫사랑의 맛인지 뭔지—로제 초콜릿 브랜드답게, 이번 물품 후원 중 상당수가 로제 초콜릿이었다.

그러면서.

"만일 사장님께서 그럴 의향이 있으시다면 테스트를 해 봐도 좋아요."

"테스트라."

전예은의 흘리듯 꺼낸 말에 나는 그 자리에 선 채로 물었다.

"이를테면요?"

"……마침 고아원의 경영 상태에 의문이 있으시죠?"

"흠."

그녀의 정체야 어쨌건, 전예은은 그녀가 할 수 있는 선에선 제법 굵직한 승부수를 띄우고 있었다.

그날 촬영분은 연말 일정에 맞춰 공중파로 송출되었다.

메인은 어디까지나 윤아름이었고, 분량상으로도 지난 몇 달간 윤아름이 촬영한 영화와 그 개봉에 맞춘 인터뷰가 주된 내용이었다.

「이번에 영화를 촬영했다면서요? 제가 알기론 윤아름 양의 첫 주연 데뷔 영화라고 하던데요.」

「네. 하지만 상영관을 찾기가 힘들 거예요.」

「네? 그럴 리가요. 저만 하더라도 큰 기대가 되는데요.」

「사실, 저예산 영화거든요. 감독님도 이번이 처음으로 촬영하신 영화구요.」

그렇다고 국내 영화 배급과 관련된 시스템을 심도 깊게 언급했단 건 아니지만.

「하지만 모 문화재단에서 독립 영화 제작을 후원하고 있어서요. 그 덕에 촬영에 임할 수 있었죠.」

관련해서 충무로에선 제법 파다하게 퍼져 있는 내용을 언급해 주었다.

'그나마 관련 요소를 스치듯 언급한 건 나름의 재량이지.'

「그러니까 영화를 홍보하러 나온 건 아니에요. 영화가 망해도 큰 손해는 아니거든요.」

윤아름은 이 시대엔 아슬아슬한 선의 솔직함을 내세우며 웃었다.

뒤이어 윤아름은 방 감독과의 인연, 대본을 읽고 출연을 결정했다는 이야기 등을 제법 흥미롭게 풀어냈다.

그러면서 윤아름은 영화 〈우리들 이야기〉의 촬영 과정에 있었던, 진위 여부를 알기 힘든 흥미로운 에피소드 몇 가지를 곁들여 가며 인터뷰를 주도해 나갔는데, 어느 하나 잘라

내기가 힘들어 내가 PD라면 어디서 편집을 해야 했을지 상당히 고민했을 듯했다.

'그야말로 탤런트야. 상황을 이해하고 풀어 가는 힘은 어지간한 성인 배우들보다 뛰어나군.'

이후, 방송은 적절한 편집을 거쳐 SJ컴퍼니며 그 산하의 계열사가 행한 '생색내기'를 과하지 않게 담아냈고.

"어머, 우리 성아 화면 잘 받네."

곁에서 함께 TV를 보고 있던 사모는 스치듯 지나간 한성아를 언급하며 웃었다.

한성진 남매는 별채에서 가족끼리 옹기종기 모여 출연 장면을 체크하고 있을 터.

"흐음, 정말로 소질이 있는 걸까."

봉사 활동이 있었던 다음 날, 한성아는 그녀의 아버지에게 '캐스팅 제의가 왔어요' 하며 관련 내용을 털어놓았고, 한익태 씨는 내 예상대로 무던하게 이를 승낙했다.

「도련님께 폐를 끼치는 건 아닐지 모르겠는데.」

그런 말을 덧붙이긴 했지만, 이미 윤아름을 통해 나름의 노하우가 쌓인 SJ엔터테인먼트였으므로 어려운 일은 아니었다.

"하긴, 성아는 귀여우니까."

사모는 미소 띤 얼굴로 중얼거리곤 고개를 돌려 나를 보았다.

"그런데 왜 우리 왕자님은 보이지 않니?"

"제 분량은 빼 달라고 말했거든요."

"에이, 아쉽다. 우리 성진이가 나오기만 하면 전국의 여자애들이 난리가 날 텐데."

"……."

어떤 의미로는 그럴지도 모르지.

그리고.

방송사며 원장 등과 사전에 협의했던 대로 말미엔 '후원 문의 새마음아동복지재단'이라는 문구가 삽입되었다.

「방송을 통해 새마음아동복지재단이 후원을 받게끔 유도하면 뭔가가 수면 위로 드러나게 될 거예요.」

나는 전예은의 말을 떠올리며 싱긋 웃었다.

'뭐, 거기까진 나도 예정한 바였지만.'

연못에 던진 돌이 파문을 그리고 있었다.

요한의 집에 뿌려 둔 떡밥을 물고기가 건드리기 시작한 건 그로부터 며칠이 지나 96년 새해가 밝고 그다음 날이었다.

"어서 오세요, 사장님. 새해 복 많이 받으세요."

새해 벽두부터 있었던 이런저런 일처리가 길어진 탓에, 그날 오후쯤 출근한 나는 비서 윤선희의 인사에 미소로 화답했다.

"예, 윤선희 씨도 새해 복 많이 받으세요."

"네! 아, 사장님 앞으로 유상훈 변호사님이 보낸 서류가 도착했습니다."

서류?

간단한 인사 후 사장실로 들어가려던 나는 발걸음을 멈추고 윤선희로부터 서류 봉투를 받았다.

"안에 들어가서 읽어 볼게요."

사장실 자리에 앉아 서류를 읽어 본 나는 책상 위의 호출기 버튼을 눌러 비서를 불렀다.

"조인영 씨를 호출해 주시겠어요?"

-예.

오래 지나지 않아 똑똑, 사장실 문을 두드리는 소리가 들렸다.

"들어오세요."

달각, 문이 열리며 조인영이 내게 정중한 인사를 했다.

"부르셨습니까."

"편하게 앉으세요. 업무 이야기를 하려고 부른 건 아니니까요."

조인영은 내 허락이 떨어지자마자 문을 닫은 뒤, 곧장 소파 위에 다리를 꼬고 앉았다.

"진작 말하지. 아, 새해 복 많이 받아. 그럼 이제 13살인가?"

"그렇죠."

"좋을 때네. 그래서 이번엔 또 무슨 일인데? 신년 인사나 주고받자는 건 아닐 거고."

나는 빙긋 웃으며 말을 꺼냈다.

"겸사겸사, 요한의 집과 관련해서 문의드리고 싶은 게 있어서요."

저번 방문 이후, 나는 요한의 집과 약조한 물자를 모두 보내 주는 것은 물론, 삼광장학재단을 통해 인근 초·중학교의 방과 후 교실 설립을 추진했다.

그러잖아도 방과 후 교실 또한 급식에 이어 국책사업으로 대두될 기미가 보였고, 이 시스템을 타 학군 및 지방으로 확장하려 준비 중이었기에 재단 측 역시도 이를 시범 확장 케이스로 적합하겠다며 반겼다.

'아직 학기 중은 아니지만, 미리 준비를 해 두는 거지.'

마침 올해 3월 들어선 국민학교란 이름이 사라지고 초등학교로 개편될 예정이기도 해서, 이래저래 상징성을 부여하기 좋은 해였다.

관련해서 올해 2월 졸업 예정인 윤아름은 '나는 국민학교 졸업이지롱, 부럽지?' 하고 나를 놀려 댔지만, 나중엔 누가 누굴 부러워하게 될지 뻔한 일이어서 내버려 두었다.

"요한의 집?"

조인영이 자세를 바로하며 픽 웃었다.

"아, 그래. 그러잖아도 어제 다녀왔더니 뭔가 많이 바뀌었더라. 애들 입은 옷도 깔끔하고, 컴퓨터도 늘었지. 아직은 컴퓨터를 게임기로만 알아서 그게 걱정이지만."

걱정이라고 말하는 것치곤 웃고 있는 폼이 제법 기뻐 보였다.

"그래서, 문의할 게 뭔데? 컴퓨터 교육? 그건 네가 만든 방과 후 교실인지 뭔지로 학교에서 할 거라면서."

은근히 들뜬 기색의 조인영을 앞에 두고 나는 일부러 차분하게 그 말을 받았다.

"형, 요한의 집은 중학교를 졸업하고 난 뒤부턴 시설을 떠나야 하죠?"

내 말에 조인영의 얼굴에 어린 미소가 조금 희미해졌다.

"음…… . 그렇지. 시설 크기며 수용 인원에 한계가 있으니 어쩔 수 없지. 올해에도 한 명 나올 예정이고."

전예은 이야기다.

조인영은 머리를 긁적이더니 진지한 얼굴로 나를 보며 미리 선을 그었다.

"하지만 네 도움은 이 정도면 충분해, 그것만으로도 충분히 감사할 만한 일이야. 호의며 선의를 의무인 양 생각할 필요는 없어."

나도 그렇게까지 이타적인 인간은 아니다.

"퇴소 예정은 한 명뿐인가요?"

"왜, 한 명쯤은 개인 후원을 해 줘도 괜찮겠단 생각이냐? 말했잖아, 네가 해 준 정도면 이미 충분하다고."

조인영은 이 이상 신세를 지는 건 면목이 없다는 양 어깨를 으쓱였다.

"게다가 이번엔 윤아름이랑 네 덕에 후원도 잔뜩 받아 낸 모양이니까 괜찮을 거야."

"그런가요?"

"응, 신경 써 준 건 고맙지만."

"그렇군요."

나는 고개를 끄덕인 뒤, 미소를 지었다.

"저도 그렇게 된다면 다행이라고 생각하는데요."

"……응?"

그러면서, 나는 보란 듯 사장실을 둘러본 뒤 줄곧 탁자 위에 놓여 있던 서류 봉투를 열었다.

"조금 알아 둔 게 있어서요."

조인영은 내가 하는 양을 기다리며 내가 꺼낸 서류를 힐끗 쳐다보더니 몸을 뒤로 내뺐다.

"설마 너, 뒷조사라도 하는 거냐?"

"왜요?"

"……."

"아, 수상한 거 아니니까 안심하세요. 약간의 절차만 밟는다면 누구나 열람 가능한 내용이거든요."

나는 보란 듯 서류를 내려놓은 채 말을 이었다.

"서류의 내용을 대강 간추리자면 새마음아동복지재단과 관련한 거예요."

"흠."

"기재된 내용상 증명은 요한의 집을 퇴소한 청소년을 대상으로 정부의 재정 자립 지원금 일부를 제공한다고 명시되어 있더군요."

조인영은 가만히 내 말이 끝나길 기다려 입을 다물고 있다가 천천히 입을 뗐다.

"그 내용에 나를 불러내서 물어볼 게 있단 의미지?"

"맞아요."

나는 조인영을 바라보았다.

"형이 요한의 집을 나온 건 93년이었죠?"

"……그래."

"서류상으론 고아원을 나올 때 얼마간 지원을 받으셨을 텐데, 관련 내역이 있나요?"

조인영은 입을 꾹 다물었다가 물음에 물음으로 답했다.

"혹시 중간에 누군가가 내 몫의 정부 지원금을 빼돌리기라도 했단 의미냐?"

"단도직입적으로 말하면, 그런 의혹을 제시할 만한 여지가 있단 거죠."

"……"

조인영의 표정은 복잡했다.

내가 유상훈 변호사를 시켜 조사한 바에 의하면, 이러했다.

정화물산이 설립한 새마음아동복지재단은 공식적으론 '요한의 집'을 퇴소한 청소년에게 정부가 제공하는 복지 기금을 대리 수령하여 운용하고 있었다.

하지만 요한의 집을 퇴소한 출신 고아들에게 응당 돌아가야 할 몫은 특정 명의의 통장을 향해 있었는데, 그 수령자는 정화물산과 관계된 인물이었다.

'즉, 정부에서 지원하는 보조금에 장난질을 쳐 놓았단 거지.'

본디 요한의 집은 규모가 작은 고아원으로, 매해 고작해야 한두 명 정도만 퇴소하는 정도여서 그 자금 추적이 어려웠다.

그러던 것이 작년 연말, 방송을 통해 대규모 후원이 몰려들었다.

그들이 감당하기 힘든 대량의 물이 한꺼번에 쏟아진 결

과, 바닥에 가라앉아 있던 불순물이 슬금슬금 떠오르기 시작했다.

관련 금액은 아무런 유출도 없이 '깔끔하게' 새마음아동복지재단에 머물러 있었는데, 그러면서 아무런 실체도 없는 '퇴소청소년시설'에 대량의 자금이 유입되었다.

연말 서류 작업이 끝날 즈음 들이닥친 이 돈은 미처 세탁하지 못하고 '특별운영기금'이라는 명목하에 고스란히 남아 회계상으로 흔적이 남았는데, 거기서 나는 꼬리를 발견할 수 있었다.

이들이 행한 건 이런 식으로 금방 탄로날 조악한 방법이었지만, 시가총액이 '고작' 억 단위에 머물러 있을 뿐인 정화물산의 기업 규모를 감안하면 그간 무탈했던, 나름대로 적절한 방법이었을 것이다.

이렇다 할 서류가 미비하고, 지금보다 체계적인 행정 시스템이 확립되지 않은 7~80년대에선 적잖은 재미를 봤으리라.

내 추측이지만, 당시만 하더라도 아동을 대상으로 한 노동 착취가 있었으리란 짐작도 가능했다.

요한의 집으로 향하는 길목에 자리했던 낡은 공장들.

인건비를 줄이는 건 회계상의 흑자 수치를 높이는 가장 손쉬운 방법이었고, 또 효율적이기까지 했다.

그러던 것이 시대가 변하며, 더 이상 '드러내 놓고' 할 수 있는 일이 줄어들며 하나둘 문을 닫았으리란 짐작도 가능했다.

그 뒤 대성성당을 건축할 당시, 그러니까 대성성당이 서류로 등록된 85년 직전 새마음아동복지재단은 84년도에 법인을 등록했다.

그 당시의 대성성당이 정화물산 측과 유착이 있었다는 증거는 없었지만, 서류상의 운영 주체는 새마음아동복지재단이었지만, 실질적으론 대성성당의 수녀들에 의해 운영되고 있었으니 어느 정도 암묵적인 이해관계는 있었으리라.

조인영의 표정이 복잡했던 건 그런 연유였다.

나도 만나 본바 요한의 집 원장 수녀는 악인이 아니었고, 그렇다 해서 요한의 집 운영이 노골적인 착취와 악의로 이뤄졌다는 것도 아니었다.

풍족하진 않아도 안정적으로 운영되었고, 아이들은 행복해 보였다.

회색 지대.

그 의도가 선의에서 비롯했든 아니든 결과적으로 조인영은 요한의 집에서 신세를 졌고, 조인영은 의리를 아는 남자였다.

설령 청소년기에 이른 퇴소자들을 향한 횡령 의혹이 있다고 한들, 역시 결과적으로 조인영은 경제적으로 안정된 상황을 누리는 중이었다.

그렇기에 조인영으로선 희미한 배신감과 그가 신세졌던 사설 복지재단에 대한 감사가 뒤섞여 그 양가감정으로 인한 혼란스러움을 불쾌감으로 표출해 냈다.

"……그래서 너는 뭘 하고 싶은 건데?"

호혜성은 당사자의 눈을 흐리게 만든다.

그건 개차반인 부모 아래서 자랐더라도 피붙이를 차마 저버릴 수 없는 것과 비슷할지 모른다.

하지만 냉정하게 말해서, 요한의 집은 이용당한 것에 불과했다.

그들이 받은 후원이란 결과적인 선행에서 비롯한 것에 다름 아니었고, 심지어는 응당 받아야 할 권리를 침해당한 것이기도 했다.

나는 단도직입적으로 되물었다.

"어떻게 했으면 좋겠어요?"

"……."

조인영의 침묵을 앞에 두고 나는 말을 이었다.

"형은 운이 좋았죠. 퇴소 시기에 맞물려 마음씨 좋은 개인 후원자를 만났고, 제 입으로 말하긴 뭣하지만, 또 저를 만나 SJ소프트웨어의 중책으로 임하고 있으니까요."

"그건 네게도 행운이지 않아?"

조인영은 애써 농담을 쥐어짜 냈다.

"그래요. 피차 행운이죠. 하지만."

나는 조인영을 물끄러미 쳐다보았다.

"행운이라는 건 공평하지 않기에 행운이지 않겠어요? 이는 시스템화할 수 있는 요소도 아니고, 모두가 누릴 수 있는 것도 아닙니다. 외모, 선천적인 능력, 배경 같은 것처럼 누군가는 쥐지 못한 힘이죠."

전생의 내가 뼈저리게 느껴 온 바처럼.

조인영은 힘겹게 입을 뗐다.

"까놓고 말해서, 이렇게 하면 너에겐 무슨 이득이 있어?"

그 말을 들으며, 나는 소파에 등을 기댔다.

"말씀대로입니다. 제 역할은 여기서 끝내겠어요."

"응?"

"흔한 이야기죠. 저는 기업을 운영하는 사장 입장에서 연말연시에 발맞춰 후원으로 생색을 냈고, 그 결과는 아시다시피 효과적이었죠. 사회에 공헌하는 기업이라는 이미지를 획책한 데다가 계열 소속사 배우인 윤아름이라는 배우의 영향력을 과시했고, 직원들의 단합과 사기 증진, 프랜차이즈화를 앞둔 시저스의 홍보에 신메뉴를 선보였습니다."

"······."

"봉사 활동 한 번에 별도의 마케팅 비용을 써 가며 TV에 억대의 CF로 홍보한 것 이상의 효과를 누렸으니, 이쯤 하면 충분하지 않아요?"

조인영은 나를 물끄러미 쳐다보다가 픽 웃으며 고개를 저었다.

"지극히 너다운 대답이네."

"재수 없다는 의미로요?"

"……네가 그러고 싶다면야 그런 걸로 해 둬."

그 뒤, 조인영은 소파에 등을 기댄 채 가만히 천장을 응시하다가 툭하고 내뱉었다.

"이건, 그거지?"

"뭐가요?"

"네가 언젠가 말했던 답정녀. '답은 정해져 있으니 너는 대답만 해'라는 의미로."

"글쎄요."

조인영은 쓴웃음을 지었다.

"만약, 내가 하겠다고 하면, 만약의 이야기야."

그는 재차 '만약'을 강조했다.

"만약 내가 고개를 끄덕이면, 회사엔 어떤 이득이 있어?"

이제 조금쯤 한 사람 몫을 하게 되겠군.

나는 빙긋 미소 지었다.

"외근 신청하세요."

나는 조인영을 데리고 건축 당시엔 '나는 언제쯤 이용해 보나' 싶었던 지하 VIP 전용 주차장으로 향했다.

평소엔 김민혁이나 작년에 임원이 된 마동철 정도만 주차해 두었던 이곳은 이제 '내 자가용'이 추가되어, 윤아름이 '공간 낭비'라며 쏘아붙이곤 하던 힐난에서 조금 자유로워졌다.

한편 조인영은 줄곧 말이 없었는데, 이래저래 생각이 많은 모양이었다.

'그들의 의도야 어쨌건, 결과적으론 은혜를 입은 것도 사실이지.'

역시나 의도는 어찌 되었건 나는 이진영에게 받은 선물을 제대로 누리고 있었다.

'확실히 편하긴 하던걸.'

나보다 빠르게 주차장으로 내려와 미리 대기하고 있던 강이찬은 내가 오자마자 문을 열어 주었고, 조인영에 이어 내가 탑승하자 군말 없이 문을 닫고 운전석에 앉았다.

그는 조인영이 왜 이 차에 동석했는지, 가타부타 묻지도 따지지도 않았다.

이진영이 자동차와 함께 알선해 준 운전수 강이찬은 요 며칠 지켜본바 말수가 적고 성실한 인물이었다.

강이찬은 운전대를 쥐자마자 딱딱한, 그러면서도 불민하지 않은 어조로 입을 열었다.

"어디로 모실까요, 사장님."

"Y구로 가 주세요."

"알겠습니다."

그는 부드럽게 차를 몰았다.

해 본 적은 없지만, 종이컵에 물을 담아 두고 있어도 컵 바깥으로 물이 튀지도 않으리라.

운전수인 강이찬의 고용 명의는 차를 인수한 다음 날이 되자마자 내 아래로 옮겼는데, 그의 거처를 회사 명의로 할지, 내 개인 운전기사로 고용해야 할지 잠시 고민한 바 있었다.

'사실상 회사가 내 것이나 다름없으니 뭘 선택하든 큰 상관은 없겠지만.'

결국 보험 문제도 있고 해서 나는 강이찬을 SJ컴퍼니 산하에 넣었는데, 그 과정에 나는 '자연스럽게' 강이찬의 이력서를 확인할 수 있었고, 그가 모 특수부대 출신인 걸 알게 되었다.

'재작년쯤 이진영이 안전 운운하던 걸 생각하면, 일부러 배치한 인편일까.'

관련해서 강이찬에게 넌지시 물었더니.

「이진영 씨는 소개를 통해 알게 되었습니다.」

돌아온 대답은 그 정도가 고작이었다.

'과묵한 게 마치 이성진의 외삼촌을 보는 것 같군. 둘이 만나면 제법 볼만하겠어.'

귀에 들리는 건 전혀 없겠지만.

"이제 좀 사장다운데."

Y구로 향하는 사이, 차에 탑승한 이후로도 줄곧 입을 다물고 있던 조인영은 공연히 고급 외제 승용차의 이런저런 버

튼을 눌러 보다가 저도 모르게 라디오를 틀곤 깜짝 놀란 이후론 민망한 얼굴로, 그제야 농담조로 운을 뗐다.

"묻고 싶은 게 있는데."

"네."

"이 차, 네 거야?"

"아뇨. 회사 소유예요."

하루나 이틀 정도는 내 것이었지만.

"흐음. 그러면 나도 이 차에 탈 권리는 있다는 거네?"

"그럼요. 그에 따른 절차는 밟으셔야겠지만요."

"결정권자는?"

"저예요."

"에이, 됐어. 사실상 네 거구만."

"회사가 제 건데요, 뭐."

"……."

"왜요?"

"회사는 주주들의 것입니다, 하고 말하려다가 관둔 거야."

뒤이어 조인영은 툭하고 물었다.

"그래서 Y구에는 무슨 일이야?"

Y구는 강남에 자리 잡고 있긴 했으나, '아직' 아무것도 없는 휑한 땅이었다.

'그래. 어디까지나 아직, 없다는 의미지만.'

나는 빙긋 웃었다.

"가 보시면 알아요."

내가 이 자리에서 대놓고 떠들지 않은 건, 아직까지 운전수인 강이찬을 완전히 신뢰하지 않은 것도 있었다.

'현시점에선 괜찮게 보고 있지만.'

강이찬은 십중팔구는 이진영이 감시 역할로 붙였을 인물이겠지만, 그는 내가 먼저 말을 걸기 전까진 입을 여는 일이 없었고, 미주알고주알 떠들어 대는 성격이 아니었다.

한번은 시험 삼아 일부러 중요한—것처럼 보이는—서류를 자동차에 두고 내렸던 적이 있는데, 서류는 열람의 흔적도 없이 그 자리에 그대로 놓여 있었다.

'흐음, 이진영이 그를 내게 소개한 건 그냥 단순한 호의였던 걸지도 모르겠는데.'

나는 자칭 '사람 볼 줄 안다'는 전예은을 불러 강이찬이며 이진영에 대한 인물평을 부탁해 볼까, 시시한 생각을 떠올렸다가 관뒀다.

'전예은도 슬슬 만나 볼 때이긴 하지. 그리고 나로선 그러기 위해 어느 정도 그 계기가 필요한 거고.'

내가 조인영을 대동하고 Y구로 향하는 건 그것과 무관하지 않았다.

무탈한 이야기를 나누는 사이 차는 Y구에 진입했고, 나는 강이찬에게 몇 차례 길을 지시했다.

그는 이를 군말 없이 따랐다.

"여기서 세워 주세요."

차는 Y구가 내려다보이는 곳에 멈춰 섰다.

뒤따라 차에서 내린 조인영은 옷깃을 세워 칼바람을 막으면서 주위를 둘러보았다.

"여기야?"

"네."

"아무것도 없는걸. 아니, 건물이 하나 있긴 하네."

우리 뒤편엔 강남 지역 부동산 투기 열풍 당시 짓다 만 건물이 한 채 놓여 있었다.

나는 폐허로 향했고, 조인영은 얌전히 내 뒤를 따라왔다.

"얼마 전 경매로 나온 건물이에요."

"그래?"

"네. 그리고 저는 이 건물과 부지를 인수할지 고민 중이죠."

"……."

"정확히는 용도에 대해 고민하고 있다고 할까요."

조인영은 차가운 겨울바람을 들이마셨다가 새하얀 입김을 토해 냈다.

"그리고 여기가 장래 요한의 집이 될지도 모른다는 거겠지."

그는 눈치 빠르게 내 의도를 짐작해 냈고, 나는 긍정의 의미로 고개를 끄덕였다.

조인영은 건물을 물끄러미 쳐다보곤 마른 잡초가 우거진 부지를 둘러본 뒤, 흘리듯 입을 열었다.

"관련해서, 성당은 어느 정도로 관여해 있는 거냐?"

"글쎄요. 그 부분을 파고들려면 좀 더 발을 깊이 들일 필요가 있거든요."

기부금만큼 눈먼 돈도 달리 없는 법이다.

그만큼 관련 사안은 조사가 어렵지만 만일 이번 사건에 종교 단체와 연관되어 있다고 하면.

'신문 1면 장식도 농담이 아니게 되겠지.'

조인영이 내 말을 받았다.

"만약 관련한 일로 세무조사니 뭐니 하는 것들이 들이닥치면 당장 요한의 집은 폐쇄되고, 애들은 뿔뿔이 흩어지겠지?"

"네, 아마도."

"……."

조인영은 코트 주머니에 손을 찔러 넣으며 어깨를 움츠렸다.

털어서 먼지 안 나오는 곳은 없는 법이다.

요한의 집 시설은 이미 그 운영을 대성성당의 수녀들에게 맡긴 이상 떼려야 뗄 수 없는 이해관계에 놓여 있었고, 설혹 대성성당이 이번 복지금 횡령과 무관하게 깨끗하다고 할지라도 관련 사안을 문제 삼으면 요한의 집은 더 이상 고아원으로서 역할을 하지 못하게 될 것이다.

그러잖아도 나는 대성성당과 요한의 집이 새마음아동복지재단을 통해 부동산 소유와 임차인 관계로 난잡하게 얽혀 있으리라 짐작하고 있었다.

'성당 부지조차 경매로 넘어갈 수 있겠지. 관련해 원장도 문책을 피하긴 어려울 테고.'

조인영은 생각에 잠겼다가, 무표정한 얼굴로 중얼거렸다.

"이거 참, 딜레마군."

그렇다.

딜레마였다.

나는 그 말에 담담히 대답했다.

"횡령은 범죄예요. 저처럼 성실하게 세금을 납부하는 시민의 입장에서는 응당 필요한 사람에게 돌아가야 할 돈이 허튼 사람에게 쓰이고 있는 셈이죠."

"......"

조인영은 인상을 구겼다가 움츠렸던 허리를 곧게 폈다.

"회사에서 나한테 어떻게 하면 좋을지를 물었지?"

"예."

조인영은 무표정한 얼굴로 말을 받았다.

"솔직히 말해서 일이 커지는 건, 원하지 않아."

"......"

"오면서 줄곧 생각한 거지만, 어쨌건 그 사람들한테 신세를 졌단 것 자체는 사실이고. 또, 네가 말했던 것도 생각해 봤어."

뒤이어.

"그런데, 생각해 보면 말이야."

조인영은 쓴웃음을 지으며 나를 쳐다보았다.

"우리한텐 처음부터 아무것도 없었거든."

"……."

"거기서 마이너스, 그러니까 아무리 무언갈 빼낸다고 하더라도 0 이하로는 떨어지지 않아. 음수로 떨어지지 않는 산술이지. 그러니 나로선 응당 받아야 할 걸 받지 못했다는 생각보다도, 그건 어디까지나 호의지 권리가 아니란 생각이 들더라."

그는 코를 훌쩍이곤 고개를 돌렸다.

"물론 내가 운이 좋았다는 건 자각하고 있어. 그렇다고 해서 나 같은 행운을 누리지 못한 녀석들을 외면할 수도 없지."

조인영은 그렇게 중얼거리곤 어조를 바꿔 물었다.

"그러니까……. 너만 괜찮다면 다른 방법을 찾을 수도 있지 않을까."

"이를테면요?"

"……모르겠어."

그는 담백하게 말을 이었다.

"만일 여기서 네게 조언을 구한다면?"

"지난 일은 묵과하고, 이 상황에서 다른 원생들이 길바닥에 나앉지 않는 방법, 말씀이죠?"

"응."

"물론 있죠."

"……그래. 너라면 그럴 줄 알았지."

"합법적인 건 아니지만요."

조인영은 픽 웃었다.

"뭘, 이미 불법의 영역에 발을 디딘 것 같은데 새삼스럽게. 무슨 방법인데?"

나는 빙긋 웃어 보였다.

"협박이죠."

"……."

"관련 사안을 두고서 새마음아동복지재단을 찾아가서 경영 부문의 투명성을 요구하고, 이를 빌미로 만 16세 이상의 원생들에게 제공하던 권리를 받아 오는 겁니다."

이는 방송을 통한 대규모 후원금이 몰려든 탓에 그들로부터 생겨난 허점을 노린 수였다.

"즉, 중학교를 졸업한 원생은 고등학교를 옮기듯 요한의 집을 떠나 저희 SJ컴퍼니가 운영할 별도의 법인으로 명의를 이전하는 거예요. 간단하죠?"

그건 전예은의 조언 때문만은 아니었고, 나 역시 처음부터 무언가가 나오리라 확신했던 바였지만, 어쨌건 그녀의 말마따나 '뭔가가 수면 위로 드러난 셈'이었다.

'그 정체가 점쟁이든 아니든 제법이긴 해.'

내 설명을 들으며 조인영은 어처구니없다는 듯 내 얼굴을 물끄러미 쳐다보다가, 웃었다.

"나 참."

잠시 침묵. 그리고 뒤이어.

"그게 최선일까?"

"달리 생각하신 바가 있으시다면, 기탄없이 말씀해 주세요."

조인영은 쓴웃음을 지으며 고개를 저었다.

"그래서, 뭐야?"

"뭐가요?"

"회사 이익. 그 부분은 대답하지 않았는데."

"아, 그거요."

나는 빙긋 웃으며 주위를 둘러보았다.

"생각보다 간단한 이야기예요. Y구가 개발되면 저는 향후 그 시세 차익을 노릴 수 있거든요."

"……엥?"

강남이라고 해서 모든 땅이 금싸라기인 것은 아니나, 어느 정도는 시간문제이기도 했다.

지금 이 시점도 마찬가지지만 대한민국은 '서울 공화국'이란 말이 무색하지 않게 대한민국 인구 절반가량이 거주하는 만큼 끊임없이 개발되었고, 그 격차는 날이 갈수록 더해 갔다.

오죽하면 '서울에서 30평대 아파트에서 살 돈으로 지방에 내려가면 남부럽지 않게 살 수 있다'는 말도 있을 정도였으니.

'물론 요한의 집이 있는 T동 같은 예외 케이스도 있지만.'

그러나 어쩌면, 내가 좀 더 오래 살아남았더라면 T동의 그린벨트가 해제되고 부동산 가격이 급증하는 모습을 보았을지도 모르겠다.

만일 내가 미래의 정보가 머릿속에 없었더라면 정화물산의 꿍꿍이가 요한의 집으로 T동에 알박기를 하려던 것이라 생각했을 테니까.

비영리 법인이 소유하는 부동산이란 자금 세탁의 정석이라고 할 수 있는 방법 중 하나였다.

비영리단체의 경우 정부를 통해 '목적 사업'이라는 명분을 획할 수 있다면 법인세 감소라는 혜택을 누릴 수 있었고, 실제로도 적지 않은 단체가 사옥 임대를 통해 '운영비 일부'를 충당하고 있었다.

관련해서 절차가 다소 까다롭긴 하지만, 이 귀에 걸면 귀걸이이자 코에 걸면 코걸이가 되는 '목적 사업'이란 항목에 몇 가지 암묵적인 규칙만 준수한다면 시스템화되지 않은 법체계 속에서 준수한 시세 차익을 남기는 방법도 얼마든지 존재했다.

'이성진의 특기였지.'

전생의 이성진은 그의 재종인 이남진으로부터 봉효삼광장학재단을 빼앗듯이 인수한 뒤, 금싸라기 땅에 있던 재단 사옥을 통해 적잖은 '개인운용자금'을 만들어 냈다.

'뭐, 나는 그렇게까지 할 생각은 없지만.'

나는 관련한 이야기를 축약해서 들려주었고, 조인영은 내 이야기를 멍한 얼굴로 듣다가 머리를 긁적였다.

"정말이지 별의별 걸 다 아네. 이거 완전 악당 아니야?"

나는 미소를 지으며 정중하게 답해 주었다.

"별말씀을요."

사장실로 돌아온 뒤, 나는 코트를 옷걸이에 걸어 두며 조인영에게 툭 하고 흘리듯 물었다.

"혹시 올해 퇴원하는 원생이 있지 않나요?"

"응? 응. 있지. 한 명."

조인영은 대수롭지 않은 양 말을 받으며 소파에 앉았다.

"조용하고 얌전한 여자애야. 그러고 보니, 걔 덕에 컴퓨터를 만지게 됐네."

그러고 보면 전예은은 앞서 '조인영을 컴퓨터 부품 업체에 소개한 것이 자신'이라고 말했는데, 정확히 어떤 경유였는지는 들은 바가 없었다.

"그래요?"

"응, 뭐 대단한 건 아니고."

관련해서 조인영은 짧은 일화를 전했다.

"······그 바람에 청계천 쪽에 볼일이 생겼지. 거기서 철곤이 형을 만났고. 여차저차하다 보니 컴퓨터를 배우게 됐어."

말마따나 '대단한 일'은 아니었다.

어느 주말, 전예은은 몇몇 아이들을 데리고 조인영을 찾아와, 조인영이 살던 인근의 컴퓨터 소매상이 모인 청계천으로 '자연스럽게' 구경을 나갔다고 했다.

'그 자체론 그녀가 조인영에게 결정적인 계기를 제공했다는 근거로선 희박해.'

객관적으론 진실이긴 했지만.

그러면서 그는 스스로 전예은을 '별다른 특징이 없는 여자애'인 양 묘사했는데, 그건 다소 위화감이 있었다.

조인영의 말에 의하면 전예은이란 '학업 성적이 우수'할 뿐만 아니라 '옛날부터 애들을 잘 챙겨 주었'고, 생김새도 '그러고 보니 예쁘장'했다.

물론 기준에 따라 달라질 이야기이긴 하겠으나 그걸 두고 '별다른 특징이 없다'고 한다면, 어째 요상한 일이란 생각이 드는 것도 사실.

조인영이 말한 칭찬이란 것도 어디까지나 그의 주관에 근거한 것이긴 하지만.

생각해 보면, 나도 겪어 본 것이긴 하나 전예은이 가진 존재감이란 기이할 정도로 희박했다.

여담이지만 전예은과 대화를 나눴던 그날 밤, 사람들은 나더러 '어디 다녀 왔냐'고 물을지언정, 나보다 1분가량 앞서 돌아온 전예은의 외출과 행방은 눈치채지 못하고 있었다.

내가 공연한 추궁을 받으며 '바람 좀 쐬고 왔다'고 말하는 사이, 전예은은 마치 한참 전부터 그 자리에 있었던 것처럼 자연스럽게 영아들의 얼굴을 닦아 주며 그 풍경에 녹아들어 있었던 것이다.

조인영이 말을 이었다.

"어떻게 보면 우리들 중 가장 먼저 입양될 만한 애였긴 한데, 결국은 이렇게 됐군."

조인영은 그걸 두고 '인연이 어쩌고' 하는 말을 중얼거리긴 했지만, 왠지 모르게 나는 전예은이 일부러 입양 기회를 피해 다녔던 것이 아닐까 하는 생각마저 들었다.

"당장 2월이면 졸업인데, 그 전까지 거취를 정해 줘야겠군요."

"응, 개인 후원자도 없는 모양이고. 하긴, 이쪽에서도 뭔가를 하고 있다는 걸 보여 주려면 어쨌건 걔를 여기로 데려올 필요가 있겠군."

그 과정에 자연스럽게도 전예은의 거취는 SJ컴퍼니 측이 부담하도록 이야기가 진행되었다.

나 역시 그 어떤 신비주의적인 논담은 제외하고서라도, 그녀의 나이에 걸맞지 않은 통찰력에 관해선 흥미가 있었기에 다시 한번 그녀를 만나 보기로 했다.

'마침 적당한 일자리도 있으니까.'

조인영을 떠나보낸 뒤, 나는 사장실 옆에 붙어 있는 비서실 겸 로비로 향했다.

"윤선희 실장님, 잠시 괜찮으세요?"

쇠뿔도 단김에 빼랬다고, 다음 날이 되자마자 전예은과 관련한 면접이 시작되었다.

면접이라고는 하나 정규는 아닌 약식으로, 아직은 직책상의 이름뿐인 '비서실장'인 윤선희와 나, 둘이서 회의실을 빌려 진행하는 면접이었다.

어저께 이야기가 나왔을 때만 해도 윤선희는 '어쨌든 좋은 일이니까' 하며 썩 탐탁지는 않아도 퉁치고 넘어가려는 눈치였는데, 아무래도 정식으로 비서진을 늘리는 것이 아닌 어디까지나 아르바이트 형식으로 인선을 늘리는 데 소소한 불만이 있었던 듯했다.

'본의는 아니지만 일감이 과도하긴 했지.'

결국 조만간 공채를 통해 추가 인력을 확충하겠다는 내 확답을 얻어 내고서야 윤선희는 마지못해 동의했다.

어쨌거나 일손이 부족하단 건 사실이었으니, 비서실에 간단한 잡무라도 도맡아 해 줄 보조 하나둘쯤은 있어야 한단 것에 우리 두 사람의 이해관계가 일치했으니까.

그러나 면접이 진행되면서 윤선희는 적잖은 놀라움을 표출하며 고개를 끄덕였다.

"워드프로세서 자격증이 있다고요?"

전예은은 고개를 끄덕였다.

"네, 미리 따 두었어요."

"흐음."

관련해서 윤선희는 컴퓨터를 잘 다루는 조인영과 같은 고아원 출신이니까, 하며 그나마 스스로 납득하는 눈치였다.

정작 놀란 건 나였다.

이 시기는 아직 윈도우 95 기준으로 자격증 심사를 하지는 않았으나, 오히려 사용성 부문에서 조악한 감이 남아 있는 예전 OS를 다루는 시험이 더 어려웠던 모양으로.

자격증의 존재 유무가 그 사람을 온전하게 평가하는 것은 아니겠지만, 소위 컴맹이 즐비한 이 시대 기준에 워드프로세서를 다룰 줄 아는 인재란 희귀한 것도 사실이었다.

'나름의 경쟁력은 확보해 두고 있군. 이때를 대비해 미리 준비해 두고 있었다고 하면, 그건 억측일까 아닐까.'

이야기가 거기까지 진행되고 나니, 윤선희는 이미 '합격'이라는 양 내 곁의 이면지에 동그라미를 그려서 보여 주었다.

"알겠습니다. 그러면 휴게실에 들어가서 대기하세요."

내 말에 전예은은 의자에서 일어나 꾸벅, 고개를 숙이곤 얌전히 방을 나섰다.

"나쁘지 않은걸요?"

전예은이 회의실을 나가자마자 윤선희가 미소를 지었다.

"일은 시켜 봐야 알겠지만, 일단은 착실해 보이고요. 게다가 워드 자격증까지 있다면 금상첨화죠."

윤선희로선 어차피 인성만 괜찮다면 합격을 줄 예정이었는데, 전예은에 대해선 그녀가 갖고 있던 선입견과 기대 이상이었던 듯했다.

"그러면 합격을 주어도 무방하겠군요."

"예. 저는 찬성이에요. 형식적으론 서류상 절차가 있으니, 정식 채용은 저 애가 중학교 졸업장을 딴 뒤에 해야겠지만요."

전예은이 중학교 졸업장을 따는 것 정도는 어차피 시간문제니까, 그것도 문제 될 일은 없었다.

"이제야 사장님의 의도를 알 것 같아요."

이어진 윤선희의 말에 나는 고개를 갸웃했다.

"네?"

"사장님과 처음 만났을 때부터 장학재단 일의 협업으로 뵈었잖아요."

"음, 그랬죠. 햇수로만 따지면 벌써 2년 전이네요."

"……."

내가 언급한 시간에서 윤선희는 스러져 가는 젊음과 20대가 아쉬운 양 쓴웃음을 지었다.

언급하기 꺼려지는 일이지만, 이 시대는 20대 중반만 넘어가도 노처녀란 소릴 스스럼없이 해 대는, 그런 섬세함이 부족한 시대였으므로.

"아무튼, 사실, 당시만 하더라도 장학재단이 하려던 일에 조금 회의적이었거든요. 굳이 이렇게까지 해야 할 일일까……. 아, 오해는 마세요. 일에 보람이 없었다는 건 아니에요. 자부심도 있었고, 그 의의도 알고 있었으니까요."

"실장님이 그 당시, 일에 얼마나 열성적이셨는지는 저도 잘 알죠."

윤선희가 미소 띤 얼굴로 내 말을 받았다.

"칭찬 고마워요. 다만 회사란 이익 단체잖아요? 회사의 사회적 책임과 그 중요성은 알고 있지만, 그럼에도 불구하고……."

말끝을 흐렸지만, 무슨 의미인지는 대강 알 듯했다.

윤선희는 대학을 졸업하자마자 삼광 그룹의 전략기획실에 들어갈 만큼 유능했으니, 당시 관련한 업무 명령에 그녀 스스로는 자신을 '버리는 패' 취급한 건 아닐지, 생각했으리라.

재단이 하는 일이란 회사에 직접적인 이득을 안겨 주지 않으며, 따라서 그 실적이 직관적이고 가시적인 방식으로 드러나지 않는다.

나로선 오히려, 그녀가 유능했기에 이태석이 사람을 붙여 이태준을 견제하려던 것이란 걸 알았지만 당시의 윤선희가 그런 속사정을 알 리가 없었고, 공연한 일에 자신을 소모한단 자격지심이 있었으리라.

　그러다가 방과 후 교실 업무를 진행하며 생각을 고쳐먹은 그녀는 일 욕심이 일었고, 전략기획실로 복귀하는 대신 내 아래로 들어와 일을 마무리하는 길을 택했다.

　그러다가 지금은 겸사겸사 맡게 된 비서 업무가 아예 본업이 되었을 정도로 일이 틀어졌(?)지만.

　그녀는 동시에 삼광장학재단과 관련한 업무도 여전히 병행하고 있었다.

　"……이번 일도 직접적인 결과는 아니었지만, 사장님이 하시는 일과 관련해 하나의 청사진이란 생각이 들었어요."

　과한 억측이지만, 결과적으로는 그렇게 보일지 모른다.

　인사백년지대계 운운할 생각은 아니지만, 삼광전자의 일이 '본격적인 궤도'에 오르고 나면 방과 후 교실을 통해 길러진 우수한 인재가 이쪽 일에 도움을 줄 것이란 생각도 가능은 하므로.

　"결국 일이란 돌고 돌아 자신에게 돌아오는 법이네요. 사장님이 말씀하신 선한 영향력이라는 게 장래엔 이런 식으로 돌아오리란 생각도 들고요."

　나는 그 말에 대놓고 부정하는 대신 미소로 답했다.

"그럼요. 일이란 항상 몇 년 뒤를 염두에 두고 진행해야 하는 법이거든요."

"후후, 사장님이 말씀하시니 정말로 그런 것 같단 생각이 드는데요."

당연하지.

나중을 생각하면, 지금 벌어들이는 돈은 어디까지나 푼돈에 불과하니까.

'내가 삼광전자 사장이 될 즈음엔 더더욱.'

그 자리에서 전예은의 채용이 결정되었고, 나는 그녀를 사장실로 불렀다.

"축하합니다. 전예은 씨의 채용이 확정되었습니다."

내 말에 전예은은 미소 띤 얼굴로 가만히 고개를 끄덕였다.

"네, 감사드립니다. 열심히 할게요."

말과는 달리 말씨는 담담해서, 마치 일이 이렇게 되리란 걸 예상이라도 한 듯했다.

'묘하군.'

내 상념을 비집고 전예은이 말을 이었다.

"업무는 언제쯤부터 시작하면 될까요?"

전예은의 말을 들으며 나는 턱을 긁적였다.

윤선희는 업무와 관련해 그녀의 중학교 졸업 이후를 염두에 두고 있었지만, 전예은의 특수성을 고려하면 오늘 당장 일을 시키는 것도 가능하긴 했다.

'굳이 말하자면 인턴이지만, 인턴과도 어딘지 다르고. 아르바이트냐 하면 그것도 아니니, 아르바이트와 인턴 중간 어디쯤 되겠네.'

하지만 당장 그럴 생각은 없었던 나는 생각해 둔 바를 꺼내려 입을 뗐다.

"졸업식이 언제죠?"

"음, 저희는 다음 달인 2월 9일이에요. 요한의 집을 나서야 할 때는 2월 중순쯤이고요."

마치 내가 무슨 의도로 물었는지 아는 듯, 그녀는 요한의 집 퇴원 날짜까지 어림해서 대꾸했다.

"거취하실 집은 구했습니까?"

"아뇨, 아직 구하지 못했어요."

일이 이렇게 될 줄 몰랐으니 구하질 못했단 건지, 아니면 수중에 돈이 없어서 인근에 방을 구하질 못했단 건지는 모르나.

"당분간은 괜찮으니 오늘은 집부터 알아봅시다."

"예."

의외의 제안이었을 테지만, 그녀는 놀라는 일 없이 미소 띤 얼굴로 대답했다.

'개인적으론 편하지만.'

나는 그녀를 소파로 안내하며 말을 이었다.

"후보지가 셋 있습니다."

이어, 담담히 내 말을 들은 뒤, 그녀는 내가 제시한 조건 중 다른 후보군보다 상대적으로 회사와 거리가 먼 빌라 건물을 골랐다.

'우연인가? 아니면⋯⋯.'

나는 속으로 조금 놀라면서, 이를 내색하지 않으려 애썼다.

"흐음, 의외군요. 저는 출퇴근이 용이하게끔 회사와 가까운 곳을 고를 줄 알았는데요?"

그녀의 결정과 관련해 내가 의중을 떠보니, 전예은은 희미한 미소가 어린 얼굴로 대답했다.

"앞으로 사장님께서 하실 일을 생각하면 제가 Y구 쪽에 방을 구하는 편이 여러모로 도움이 될 것 같아서요."

"⋯⋯."

어쭈?

마치 작두라도 타는 모양새였다.

왜냐면 Y구는 얼마 전 조인영을 데리고 다녀왔던 곳이었으니까.

내 시선을 받은 전예은은 태연하게 대답했다.

"단순한 유추예요."

"……이를테면요?"

전예은은 탁자 위의 지도를 가리키며 내 말을 받았다.

"후보지 세 가지를 각각 A, B, C라고 할게요. 그중 이곳 분당과 가까운 오피스텔을 A, 라고 하면……. 네, 제가 이 A 를 택한다고 해도 사장님께는 무방하겠죠. 하지만 입장을 생 각해 본다면 사실 제 수준에서 감당할 수 없는 월세며 생활 비를 부담하는 것이 될 거예요."

정답이다.

전예은이 말한 A는 이곳, 내가 자리 잡은 분당 오피스 타 운에 신축된 곳으로 80년대 말의 한창 분당 투기 열풍 때 선 점이 끝난 장소였다.

그만큼 가격에는 거품이 끼어 있었고, 이는 중졸 인턴이 감당할 만한 월세가 아니었다.

그렇다곤 하나, 만일 전예은이 A를 고른다고 하더라도 나 는 그 의사를 존중해 주었을 것이다.

'능력에 대한 평가는 재고해 봤겠지만.'

전예은은 잠시 내 얼굴을 물끄러미 살폈다가 지도 위의 손 가락을 옆으로 옮겼다.

"그다음 후보군인 B의 경우는 주위에 각종 근린생활시설 이 자리 잡고 있으며, 따라서 제가 생활하기에도 용이하겠 죠. 하지만 A 때와 마찬가지의 이유, 또 인근에 초, 중, 고등학교가 생활 반경 내에 자리 잡고 있는 것으로 보아 저 혼자서 지낼 만한 곳은 없을 거라고 생각했어요. 최소 20평대 이상의 아파트겠죠. 그렇다면 마찬가지로, 제가 감당할 수 있는 월세는 아니에요."

전예은이 빙긋 웃었다.

"혹시 저 말고 다른 사람과 함께 생활하는 것을 전제로 생각하신 거라면, 또 모르겠지만요. 그래도 이왕이면 세 번째 후보군인 C를 택하는 것이 사장님께 도움이 되리란 생각을 했어요."

"거기서 C를 떠올린 건 다소 비약이 있는걸요?"

전예은은 내 말에 미소를 짓더니 손가락을 Y구로 향했다.

"그렇죠, 비약이에요. 하지만 제가 C를 고른 건 사장님이 제시한 조건이 객관식이었던 것도 있어요. C의 경우, A나 B와 그 조건이 사뭇 다르죠. 거기서 생각해 봤어요. '어째서 사장님은 C를 후보군에 넣으신 걸까' 하고 말이죠. 그 결과 제가 생각한 건, 이곳 C가 자리 잡고 있는 Y구에 사장님이 계획하신 안배가 있지 않을까, 그런 결론에 도달했어요."

전예은이 고개를 들었다.

"저도 TV를 통해 사장님께서 새마음아동복지재단으로 후원금이 가게끔 안배하신 걸 보았어요. 그리고 제 현재 상황을 생각했을 때, 앞으로 사장님이 하실 일에는 제 주소지며 입장을 고려해 봐야 할 거란 생각을 떠올렸고요."

이제 갓 중학교를 졸업할 예정인 것치곤 제법이었다.

만에 하나, 백번 양보해서 그녀에게 모종의 초능력 같은 것이 있어서 '사람을 볼 줄 안다'고 하더라도, 둘러댄 근거는 나름의 합리성을 추구하고 있었다.

'설령 그런 초능력의 도움을 받았다 하더라도 이를 드러내지 않으려 둘러댄 것 자체는 그녀가 신중하단 의미지. 뭐, 어디까지나 만에 하나의 이야기지만.'

이미 나부터가 전생을 기억하는 시점에서 그런 오컬트적 요소를 완전히 부정하는 것도 자의식과잉일 터이고.

나는 전예은 측면의 소파에 앉아 등을 기댔다.

"그러면 제가 Y구에 하려는 게 어떤 것일지는 아시겠어요?"

내 말을 들은 전예은은 나를 잠시 물끄러미 바라보다가 천천히 고개를 저었다.

"어림짐작만 할 뿐이에요."

"어림짐작이라도 괜찮습니다."

전예은은 흠, 하고 한숨인지 뭔지 모를 콧소리를 내더니 미간을 찡그렸다가 조심스럽게 입을 뗐다.

"자세한 건 모르겠지만……. 고아원과 관련한 것이란 생각이 들어요. 요한의 집은 중학교 졸업까지만 신세를 질 수 있으니, 그 이후를 생각하신 것이 아닐까…… 합니다. 그러자면 제 주거지가 Y구에 자리 잡고 있어야 하고, 음, 혹시 Y

구에 별도의 보호시설을 생각하고 계신 건 아닌가요?"

나는 그녀의 말이 끝나길 기다렸다가 미소를 지었다.

"얼추 맞히셨습니다."

"다행이네요."

"알겠습니다. 그럼, B에 자리를 잡아 드리죠."

"……예?"

그녀가 어리둥절해하며 고개를 갸웃했다.

전예은이 놀라는 모습은 처음 보았다는 생각이 들면서도, 한편으론 그녀를 만난 지는 고작해야 며칠, 실제 대면한 시간은 1시간이 채 되지 않더란 사실을 새삼스레 자각했다.

"말씀하신 대로 전예은 씨가 Y구에 주소가 있으면 앞으로 할 일이 여러모로 편리해지죠. 하지만 그 정도는 약간의 편법, 행정상의 절차만 밟아 두면 될 일이거든요. 게다가."

나는 웃는 얼굴로 말을 이었다.

"여기까지 출퇴근하려면 그래도 가까운 곳이 좋지 않겠어요?"

"아…… 네. 그렇습니다."

"좋습니다. 그러면 이사 준비에 앞서, 개인용품은 어느 정도인가요?"

전예은은 당황했으면서도 이내 침착함을 되찾으며 내 말을 받았다.

"여행용 가방에 들어갈 정도예요."

하긴, 기숙 생활을 해 왔으니 그녀에게 이렇다 할 개인용
품은 없었을 것이다.

"이사는 빠를수록 좋겠죠?"

전예은의 말에 나는 픽 웃었다.

"일정은 제가 따로 통보해 드리겠습니다. 이쪽에서도 이
런저런 수속을 밟을 필요가 있어서요. 원하신다면 졸업 때까
진 유예해 드릴 수도 있습니다만."

"아니에요, 괜찮아요. 하시는 일이 끝나면 곧바로 출근하
겠습니다."

중학생, 아니 생긴 걸론 초등학생처럼 보이는 여자애 입에
서 '출근' 운운하는 말이 나오니 기분이 묘했다.

'다른 사람들이 나를 볼 때도 이런 기분이었을까.'

나는 그 묘한 기분을 내색하지 않으려 노력하면서, 고개를
돌렸다.

"자, 그럼 공식적인 절차는 여기까지 해 두고."

나는 자리에서 일어나 전용 책상으로 향했다.

"앞서 전예은 씨는 저에게 말씀하시길 '의사결정 과정에
도움을 줄 수 있다'고 하셨죠."

"네."

"사람 볼 줄 안다고도 말씀하셨고요."

"……네."

전예은이 조심스레 고개를 끄덕였다.

전예은의 얼굴에 드러난 표정은 평이했지만, 힐끗 그녀가 의자 아래 두 주먹으로 치맛자락을 꾹 하고 쥐는 모습이 보였다.

"지금부턴 전예은 씨가 저를 위해 무엇을 해 줄 수 있는지 알아보겠습니다."

"네."

나는 서류를 챙기며 그녀에게 다가가 전예은 앞에 두툼한 서류 뭉치를 툭 하고 내려놓았다.

"혹시 아이돌 그룹에 관심 있어요?"

"……네?"

내가 하는 일 중, 예상을 벗어나 고전을 면치 못하고 있는 것이 있다면, 자사의 기획 아이돌 그룹인 SBY가 거의 유일했다.

철저한 훈련, 나쁘지 않은 재능, 계산된 컨셉까지 두루 갖춘 5인조 남성 그룹, SBY.

천희수의 호언장담처럼 나 또한 이들이 문화 현상을 불러일으키리라 믿어 의심치 않았는데, 어째 시기가 나빴는지 이들은 이렇다 할 성과는 내지 못하고 있던 와중이었다.

'손해는 보지 않는 선이지만, 그것도 바른손레코드랑 우리가 팍팍 밀어준 결과지.'

그렇다고 아픈 손가락……까진 아니었지만 신경이 쓰이는 것도 사실.

전예은은 잠시 멍한 얼굴로 나를 보다가 황급히 고개를 저었다.

"자, 잘은 몰라요. 하지만 혹시 SBY를 말씀하시는 거라면, 조금 알아요. 고아원에 SBY를 좋아하는 애들이 있어서요."

어림해서 내가 하려던 의도를 미리 캐치해 내는 모습이 왠지 그녀답단 생각을 했다.

나는 전예은의 맞은편에 앉아 빙긋 웃으며 말을 이었다.

"그렇군요. 사장 입장에선 반가운 이야기인걸요. 전예은 씨가 보시기엔 어땠습니까?"

전예은은 조심스레 대답했다.

"네, 저도 자세히 본 건 아니지만 노래도 좋고 안무도 뛰어났어요. 여러 명이 뭉쳐 있지만 그럼에도 각자의 개성이 잘 묻어 있는 가수들이라고 생각했고요."

과연, 전예은은 자칭 사람 볼 줄 안다고 할 만큼의 수준은 보여 주고 있었다.

다만 그 정도는 어디까지나 '일반적'인 수준이고.

"예, 이들은 사실상 성공할 만한 요소를 끌어모아 만들어 낸 그룹이니까요. 제가 보기에도 수준은 뛰어나다고 생각합니다만 어째 예상만큼의 성과를 내지는 못하고 있다는 게 제나름의 지표상 평가입니다."

"……"

내 말을 들으며 잠시 생각에 잠겼던 전예은이 말을 받았다.

"제가 기억하기로 SBY는 작년 9월 즈음 데뷔한 것으로 압니다만, 지금 SBY는 다음 앨범을 준비 중이겠군요."

"그렇습니다. 지금은 2집을 준비 중이죠. 그런데 2집이 성공할지 아닐지, 저로선 확신이 없는 상황입니다."

"……."

전예은은 입을 꾹 다물고 잠시 내가 말하는 양을 기다리다가 내게 물었다.

"사장님께선 혹시 다음 앨범이 생각하신 성과에 이르지 못할 경우, 이들을 내치실 생각이신가요?"

"그렇게 생각하셨습니까?"

"……아뇨. 표현을 잘못했어요."

전예은은 차분하게 말을 이었다.

"당장 이들의 활동을 중단하실 거라는 생각은 들지 않지만, 하고 계신 지원을 축소하는 정도는 가능하실 거라고 생각했습니다."

작두를 타기라도 하는 건가.

나 역시도 '씹다 버린 껌' 취급을 할 생각은 없지만 이번 2집 앨범이 기대한 만큼 성과를 거두지 못할 경우, 자사 내에 별개의 후속 아이돌 그룹을 만들어 볼 생각은 하고 있었다.

그 안에 SBY의 멤버를 합류시키는 것도 가능은 할 테고.

'시간과 예산은 한정되어 있으니.'

또 만일 SBY가 실패할지라도 1집처럼 가늘고 길게만 가 준다면, 내가 기획 중인 것의 보험 정도는 가능했다.

어차피 올해엔 역사가 증명하는 '본격적인 1세대 아이돌' 이 데뷔할 예정이었고, SBY가 지나치게 시대를 앞서간 탓에 실패한 것이라면 그들이 불러일으킬 사회현상에 편승하는 정도는 가능할 테니까.

나는 담담히 고개를 끄덕였다.

"기업으로선 어쩔 수 없는 선택이죠. 하지만 한편으론 그 렇게 되지 않게끔 응당한 성과를 내는 것이 최선이라고 봅 니다."

"……네."

"그럼."

나는 고개를 들어 전예은을 바라보았다.

"비서 보조 업무와 별개로 비공식적인 업무를 드리겠습니 다. 이들의 역량을 끌어올려 SBY를 차트 1위에 달성시켜 보 세요."

전예은은 멍한 얼굴로 나를 보았다.

"예?"

"그 과정에 회사 차원에서 가능한 모든 지원을 해 드리죠. 기한은 따로 두지 않겠습니다. 가능하겠습니까?"

"……."

"괜찮아요. 전예은 씨가 못 하겠다고 해도 상관은 없습니다. 결과며 선택과 무관하게 제가 해 드릴 지원은 변함이 없으니까요."

당황한 나머지 바짝 얼어붙었던 전예은은 이내 흠, 하고 예의 한숨인지 콧소리인지 모를 숨을 내뱉더니 그 얼굴에 다시금 희미한 미소가 어렸다.

"프로듀싱을 하란 말씀인가요?"

"그렇습니다."

전예은이 꾸벅 고개를 숙였다.

"……최선을 다하겠습니다."

어쭈?

전예은이 고개를 들어 나를 보았다.

"하지만 노력하는 것만으론 안 되겠죠. 사장님이 바라시는 성과를 내 보겠습니다."

허어, 이거 참 당돌한걸.

전예은이 조심스레 말을 이었다.

"다만 저도 SBY와 관련해 자료를 검토할 시간이 필요해요. 그 부분은 사장님께 양해를 구하겠습니다."

하긴.

설혹 전예은이 정말로 신내림 같은 걸 받아 작두를 탄다 할지라도, 신중한 성격의 그녀가 이를 내색할 리 만무했다.

나조차도 대놓고 '미래가 보여요' 하고 나서지 않고 그 과정에 일말의 합리성이 담기게끔 나름의 노력을 해 오고 있었으니까.

'만에 하나 무언가 요상한 힘이 있다고 하더라도……'

나로선 어쨌건 상황에 맞는 인재를 평가하고 기용해 이용할 수만 있다면 어쨌건 족했다.

'그녀가 나를 배신하려고 하면, 스스로 어떻게 될지 잘 알 테니까.'

나는 고개를 끄덕였다.

"좋습니다. 준비가 되는 대로 말씀해 주세요."

그렇게 일이 일단락되고, 택시비를 쥐여 주려던 내게 전예은은 정중히 사양한 뒤 회사를 떠났다.

전예은이 나가고 텅 빈 사무실에 홀로 앉아, 나는 가만히 창밖을 내다보았다.

'그래도 이 정도면 얼추 1단계 합격이지.'

설령 그녀가 SBY의 차기 앨범 기획에 기대한 만큼의 성과를 내지 못한다고 하더라도, 그녀가 보여 준 영특한 모습은 제법 마음에 들었다.

'그녀도 아직 어리니, 어느 정도 미숙함은 감안할 수 있어. 자질은 있는 모양이니 부족한 건 키워 주면 될 일이니까.'

그 생각을 떠올리자마자, 나는 문득 내가 이휘철마냥 그녀를 시험하고 있었다는 것을 자각했다.

'핏줄 탓인가?'

한편으론.

'……어쩌면 이휘철도 내가 전예은을 대하듯 나를 바라보고 있었던 걸지도 모르겠군.'

그 가설을 떠올리자마자 내 입가로 싱거운 웃음이 새어 나왔다.

3장

여의도에 자리 잡은 SJ엔터테인먼트 아이돌 연습 사무소.

회의실의 천희수는 이야기를 듣는 내내 떨떠름해하는 얼굴로 전예은을 보았다가, 마침내 그 시선을 나에게 향하더니.

"사장님, 제가 잘못 들은 건 아니죠?"

다시금 내 곁에 앉아 있는 전예은을 힐끗 쳐다보았다.

"이분을 모시고요?"

천희수가 초면의 전예은을 가리켜 '이분'이라고 지칭한 건 그녀가 입고 있는 차림새가 범상치 않은 명품으로 도배된 까닭이었다.

'나야 일단 시키는 대로 해 주긴 했지만.'

그래서 지금 전예은은 그녀가 간직한 기묘한 분위기와 어우러져 누가 보아도 '잘사는 집안 자식'처럼 보였다.

'뭐, 관련해 모든 지원을 아끼지 않겠다고 말한 건 다름 아닌 나였으니까.'

전예은이 연락한 건, 내가 그녀에게 SBY의 프로듀싱을 명하고 곧장 다음 날이었다.

-사장님, 염치 불고하고 부탁드리고 싶은 게 있어요.

"무슨 일입니까?"

-네. 혹시 윤아름 씨의 옷을 좀 빌릴 수 있을까요?

윤아름의 옷을?

-업무에 필요할 거 같아서요.

이후 나는 수화기 너머의 그녀로부터 대강의 사정을 들었지만.

하나, 미안하게도.

윤아름의 옷은 협찬이 아닌 그녀의 개인 소유였다.

윤아름은 드라마 출연 및 CF를 통해, 그 나이에 이미 '적잖은' 돈을 벌어들이고 있었으며, 나는 그녀의 수익이 그 천박한 모친에게 돌아가지 않게끔 회사 차원에서 관리해 주고 있었던 터라 이를 잘 알고 있었다.

그러면서 윤아름에겐 따로 통장을 만들어 수익 일부를 지급했는데, 그 수익 일부만 하더라도 동그라미가 일고여덟 개를 오갔다.

'어차피 사이즈도 안 맞을걸.'

또한, 미안하게도.

윤아름은 이제 '조금 무리를 한다면' 성인 역할을 맡을 수도 있을 만큼 성장해서, 팔다리가 길쭉하며 늘씬했다.

실제로 몇몇 여성잡지에선 더 이상 아동복이 아닌 성인도 소화할 수 있는 옷 모델로 윤아름을 점찍은 모양이니.

반면 전예은은…….

말을 아끼자.

'게다가 윤아름의 성깔에 순순히 자기 옷을 빌려주리란 생각을 떠올리긴 힘들어.'

그렇다고 한성아의 (사모가 백화점을 돌아다니며 공수해 온)옷을 빌리자니, 아무리 그래도 그 정도는 아니었고.

짧은 궁리 끝에, 나는 이왕 이렇게 된 거, 화끈하게 나가기로 했다.

"집으로 오세요."

－집이라 하심은…… 분당의 B 말씀인가요?

"예."

아니면 설마 우리 집이겠냐.

－……네, 알겠습니다. 원장님께 외출 허가를 받는 대로 출발할게요.

"주소는 알고 계시죠?"

—네, 기억하고 있어요.

공연한 수고를 덜었군.

이후, 나는 업무를 보다가 적당한 시간에 맞춰 분당 근처에 자리 잡은 비교적 고급 주거 단지로 향했다.

도착하니 전예은은 지정된 장소 앞에서 기다리고 있었고, 그녀는 내가 차에서 내리자마자 꾸벅, 인사를 했다.

"오셨어요, 사장님. 바쁘신데 번거롭게 해 드려 죄송합니다."

"아닙니다. 겸사겸사 처리할 일이 있었으니까요. 시간은 오래 걸리지 않을 겁니다."

나는 앞장섰고, 그녀는 내 뒤를 따랐다.

나도 계약만 했을 뿐, 실제로 빌라 내부를 살피는 건 처음.

30평대의 신축 빌라 내부는 이렇다 할 가재도구가 없어 휑하긴 했지만, 배치 이후를 감안해도 마동철이 대표로 있는 '동철 인테리어'의 꼼꼼한 마감 덕에 제법 넓고 깔끔했다.

'오히려 본가 쪽은 쓸데없으리만치 넓었지.'

전예은은 눈을 깜빡이며 주위를 둘러보았고, 싱크대로 향해 물이 나오는 걸 확인하더니 수도를 잠그며 나를 돌아보았다.

"저 혼자 쓰기엔 너무 좋은 집인걸요."

전예은은 송구스럽단 듯 말했지만, 나는 고개를 저었다.

"마냥 공짜는 아닙니다. 그래도 소개한 건 저였으니, 몇 달간 월세는 받지 않겠습니다."

내 말에 전예은은 희미한 미소로 고개를 끄덕였다.

"네, 전세로 변경할 수 있게끔 열심히 일하겠습니다."

그건 그녀 나름의 농담이었을까.

뒤이어.

"그 대신이라고 말씀드리기는 부족하지만, 필요하시다면 사장님께서 입주하시기 전까진 제가 상주하면서 건물을 관리하겠습니다."

또 작두라도 탈 셈인가.

전예은의 말에 나는 미소를 지었다.

"용도를 아시겠어요?"

"네. 사장님께선 초등학교를 졸업하신 뒤, 이 빌라 건물에 들어오실 생각이시죠?"

전예은의 말마따나, 나는 독립을 결정하는 동시에 거주할 건물로 이 빌라를 통째로 사들였다.

출퇴근에 용이하며 근처에 중·고등학교가 있는 데다가 묵혀 두면 값이 오르기까지 할 테니.

"이번에도 유추했어요."

"그렇군요."

"듣기로 집이란 마냥 방치해 두면 슬고 못 쓰게 된다고 해서요. 따로 사람을 쓰는 것보단 제가 정기적으로 도맡아 관리하는 게 더 좋을 듯합니다."

"고등학교에 진학하실 생각은 없나요?"

내 청유를 들은 전예은은 미소를 지었다.

"아니에요. 저는 검정고시를 생각 중이에요."

"흐음, 혹시 Y구에 재적될 행정 서류 때문이라면 다른 방법도 강구할 수 있습니다만."

그 말에 전예은은 씁쓸한 얼굴로 들릴 듯 말 듯 희미하게 중얼거렸다.

"……가 봤자 좋은 일은 그다지 없을 거예요."

흠.

'그건 고아원 출신이라는 세간의 선입견을 의식한 것일까, 아니면……'

그리고 전예은은 짐짓 그녀 스스로 어조를 밝게 고쳤다.

"또, 회사 일과 병행하면서 건물 관리까지 하려면 검정고시를 치는 편이 더 좋을 것 같거든요."

"알겠습니다. 제가 강요할 필요도, 그럴 수도 없는 일이니까요."

"네. 하지만 신경 써 주셔서 감사드립니다."

하긴.

나 역시도 학교에 좋은 기억은 없었고, 그 '인맥'이라는 것이 생각 외로 얄팍하단 생각도 있었다.

그저 '정석적인 단계'를 밟아 가야 한단 내 상황 탓에 다니

고나 있을 뿐, 그렇지만 않았다면 의무교육을 마치는 즉시 검정고시로 학위를 따냈으리라.

"……."

"……."

어쩨, 어색한 기류가 흐르고 전예은은 의무감에서 그러는 것처럼 먼저 입을 뗐다.

"아, 그렇죠. 사장님, 제가 말씀드린 복장 관련한 건……."

"기다리세요."

"예?"

"곧 올 겁니다."

마침.

-띵동

시기적절하게 벨소리가 울렸다.

"도착했군요."

현관문을 열자, 뉴월드백화점의 VIP 전용 컨시어지 서비스가 속속들이 도착했다.

선두는 각종 옷이 걸린 행거를 통째로 들고 왔으며, 뒤이어 안에 덧대 입을 옷에 심지어 신발 상자까지 바리바리 들고 집 안으로 척척 막힘없이 들어왔다.

내 안에선 작두를 탈 거라는 의혹이 가득한 전예은이었지만, 이번 일만큼은 예상치 못한 일이었는지 눈이 동그래졌다.

'뭐, 이게 부자의 쇼핑이란 거지.'

전예은은 평소에도 흠잡기 어려울 만큼 깔끔한 차림새였지만, 어디까지나 '깔끔한 차림새'였다 뿐, 고아원에서 지급되는 옷으론 그 인상에 플러스알파 요인을 주는 것까진 한계가 있었는데.

이번에 그 일로 컨시어지 서비스를 불러 반강제로 쇼핑을 하고 나니 사람이 달라 보일 지경이었다.

이를테면 나나 이진영처럼 타고난, 있는 집 자제처럼 보였다고 할까.

'옷이 날개란 말도 있지만, 그걸 소화하는 건 별개의 이야기인데 말이야.'

내가 그런 생각을 하는 사이, 천희수가 말을 이었다.

"저번에 사장님께서 스스로 그렇게 말씀하지 않으셨습니까? 괜히 애들 앞에 얼굴을 들이밀어서 싱숭생숭하게 만들 필요 없다고요. 그 바람에 저희 애들은 아직 사장님 얼굴도 모르는데 말이죠. 그 와중에 사장님도 아닌 웬 국민학생이 나타나서……."

나는 손가락을 까딱여 천희수의 말을 끊은 뒤, 전예은을 보았다.

"올해 열일곱 살이죠?"

"네. 한국 나이로요."

"보세요, 국민학생 아닙니다. 그리고 여담이지만, 올해부턴 초등학생이라고 부르셔야죠. 아무튼, 계속해 보세요."

천희수는 에휴, 한숨을 내쉬더니 회의실 의자 등받이에 몸을 기댔다.

"……아무튼, 제가 드리고픈 말씀은 사장님의 대리인이라며 나타난 '미성년자'가 '취미 삼아' 다짜고짜 프로듀싱을 한다면, 애들이 어떻게 생각하겠습니까."

"물론 이상해하겠죠."

"제 말이 그겁니다."

"하지만 공가희 씨도 미성년자잖아요? 천희수 실장님과 만났을 당시의 공가희 씨도 17세였는데요."

"끄응, 그거랑은 다르죠, 뭐랄까, 가희는 어디까지나 작곡가고……."

평소처럼 논박을 해 주려니, 거기서 전예은이 끼어들었다.

"저, 천희수 실장님. 오해가 없도록 말씀드리고 싶은 게 있는데요."

"……뭔가요?"

"실은…… 이번 일은 제가 먼저 사장님께 부탁드린 거예요."

"……"

그렇게 운을 뗀 전예은은 미소 띤 얼굴로 재차 말을 이었다.

"사실 작년 9월에 SBY가 데뷔했을 때부터 팬이었거든요. 그 격렬한 안무와 동시에 라이브로 노래를 하는 것도 대단하고, 공가희 씨가 작곡한 노래도 각 멤버들의 개성과 파트가 잘 묻어나게끔 배분했다는 게 저 같은 문외한에게도 느껴질 정도였어요."

거짓말이다.

하지만 나는 앞서 그녀에게 '모든 지원을 아끼지 않겠'다고 말한 바 있었으므로, 모른 척 넘어가 주었다.

그럼에도 그 속엔 어느 정도 진심이 섞인 것인지, 아니면 그녀가 천희수의 됨됨이를 파악해 그럴듯한 말로 사태에 유연하게 대처하려는 것인지는 모르겠으나.

전예은의 말이 어느 정도 효과가 있었다는 건 분명했다.

그야 줄곧 떨떠름한 얼굴이던 천희수의 안면 근육이 그 찌푸림을 유지한 채, 방금 전부턴 그 찌푸림 안쪽에선 안면 근육이 서서히 풀어지고 있는 것이 보였으니까.

천희수는 그런 걸 내색하지 않으려는지 입가를 실룩이며 툭 하고 뱉었다.

"뭐, 그렇게끔 되도록 트레이닝했으니까요."

이 시대는 아직 립싱크에 대해 관대하거나 무지했다.

가요무대에 오른 가수들 중엔 MR만 틀어 두고 입만 벙긋거리는 부류도 있었다.

가수들의 립싱크 관련 이슈가 수면 위로 올라오기 시작하는 건 각종 아이돌이 범람하는 90년대 말.

심지어는 '얼굴 없는 가수'가 뒤에서 노래를 부르고, 얼굴 반반한 가수가 앞에서 노래를 부른다고 하는, 다분히 악의적인 루머마저 나돌아 관련한 음모론을 다룬 영화도 제법 히트를 쳤을 정도였다.

하지만 이쪽 업계가 암만 썩었다고 한들 그 지경에 이르진 않는다.

가수들이 립싱크를 하는 건 어디까지나 이를 안무와 겸할 수 있게끔 하는 것이고, MR 자체는—보정을 가하긴 하지만—실제로 본인이 부른다.

'내 억측일 수도 있겠지만, 2000년대 초반쯤 아이돌이 자취를 감추고 가요무대가 발라드 위주로 구성된 건 관련해서 무관하지 않겠지.'

그런 와중 천희수는 모처럼 라이브가 가능하게끔 트레이닝한 것이 시대를 지나치게 앞서간 탓에 제대로 평가되지 않아 그것이 줄곧 마음에 걸렸던 모양.

어떤 칭찬이든 그것이 효과적이려면 뜬금없는 것이거나 선천적으로 타고난 것보단 대상의 '노력'을 평하는 것이 좋다고들 한다.

전예은의 칭찬은 그런 부분을 제법 예리하게 파고들어서 천희수의 마음속 장벽에 균열이 가게끔 했다.

　그러면서 전예은이 미소 띤 얼굴로 입을 뗐다.

　"사장님께선 저에게 프로듀싱의 권한을 주겠다고 말씀하셨지만, 말씀하신 의도는 저에게 전권을 위임하겠다는 의미가 아니에요. 또, 그럴 생각도 없고요."

　"어라, 그랬습니까?"

　누구에게나 콤플렉스가 있기 마련이고, 천희수 또한 마찬가지.

　여전히 우연인지 의도한 것인지는 알 수 없으나 전예은은 오늘 처음 만난 천희수의 콤플렉스를 자극하지 않는 방식으로 그의 호감을 이끌어 내고 있었다.

　'만약 의도한 바라면, 사람 볼 줄 안다는 게 마냥 허언은 아니란 거겠지.'

　전예은이 고개를 끄덕였다.

　"네. 말씀드렸잖아요? 데뷔 때부터 SBY의 팬이라고요. 그러니 천희수 실장님의 프로듀싱 능력을 폄하할 생각은 추호도 없어요. 오히려 제가 가까이서 배워 보고 싶으니 사장님께 생떼를 부린 거예요."

　그러면서 미소를 활짝 지어 보이는 게, 연기력도 제법이었다.

　'다만, 그럼에도 조금 근시안적이긴 하지. 그 부분은 나중

에 이야기를 해 줘야겠어.'

전예은의 사탕발림이 잘 먹혔는지, 우리는 어렵지 않게 천희수의 심정적 동의를 얻어 냈다.

"그러면 애들은 연습실에 불러 두겠습니다."

"부탁드리죠."

"아뇨, 마침 트레이닝 시간이고 하니까요. 아, 사장님도 오실 겁니까?"

"예. 다만 제가 계열사를 대표하는 자리라는 것까진 밝히지 않으시는 게 좋을 것 같습니다만."

"우히히, 언더 커버 보스입니까? 그럼 애들한텐 여기 계신 전예은 씨처럼 팬인 걸로 해 두죠."

천희수는 입에 지퍼를 채우는 시늉을 하더니 회의실을 빠져나갔고, 전예은과 잠시 둘만 남게 되자 그녀는 양손으로 볼을 문지르며 내게 어색한 웃음을 지어 보였다.

"거울을 보면서 연습했는데, 잘됐는지 모르겠어요."

나는 그 말을 받아 주는 대신 달리 말을 꺼냈다.

"거짓말을 했군요."

"……."

전예은은 천천히 양손을 내리더니 나를 물끄러미 쳐다보았다.

"아주 없는 이야기를 하진 않았어요. 비록 실제를 조금 더 과장하긴 했지만요. 저도 조사 과정에 SBY라는 그룹이

성공하기에 충분한 가능성이 있단 것도 확인할 수 있었거든
요. 애당초 팬이라는 기준점을 누군가가 정의 내린 건 아니
잖아요?"

그러면서 전예은은 명품 브랜드 코트 자락을 가만히 쓸어
내렸다.

"……아니면, 제가 고아처럼 보이지 않았단 말씀인가요?"

자조적인 말이었지만, 그녀 스스로 자신의 처지를 자각하
는 말이기도 했다.

보통은 이 대목에 난처해하며 '아닙니다, 못 들은 걸로 해
주세요' 하고 말겠지만 나는 그렇게 상황을 면피할 생각은
추호도 없었다.

"그렇죠."

"……."

"천희수 실장은 전예은 씨가 요한의 집 출신이며 동시에
저희 회사 비서로 채용되었다는 것은 전혀 모르고 있습니다.
그는 아마 전예은 씨를 두고 자연스레 저와 개인적인 친분이
있는 부류 정도로 생각하고 있겠죠."

"……."

"A를 두고서 A가 아닌 B다, 하고 입 밖으로 내는 것만이
거짓인 건 아닙니다. 당사자에게 B일지도 모른다는 여지를
안겨 준 것만으로도 충분히 미필적고의에 해당한다고 볼 수
있으니까요."

전예은은 입을 꾹 다물고 내 말이 끝나길 기다렸다가 대답했다.

"저는 그게 효과적일 거라고 생각했어요."

"압니다."

나는 고개를 끄덕였다.

전예은의 말마따나 권위에 약한, 소위 말해 속물 의식이 다분한 천희수에게 전예은의 위장은 무척 효과적이었으니까.

"하지만 이후의 일은 생각해 보셨습니까?"

"이후라 하심은……."

"이를 두고 장점이다, 하고 말할 건 아니지만 저희 회사는 계열사 간의 교류가 원만한 편이죠. 천희수 실장과 그가 관리하는 작곡가 공가희 씨는 조인영 씨와도 업무 외적으로 이럭저럭 친분이 있는 사이라고 할 수 있습니다."

"……."

"결국 그 미필적고의로 만들어 낸 거짓말은 또 다른 거짓말을 낳게 되겠죠. 저로선 전예은 씨의 판단이 다소 근시안적이었던 것은 아닐까 우려되는군요."

전예은은 고개를 끄덕이곤.

"네, 저도 인영 오빠에게 들어서 알고 있어요. SJ컴퍼니는 사원들 간에 교류가 활발하다고요."

내가 불쾌해하지 않게끔 신경 쓰는 기색이 느껴질 정도로 어조며 어휘를 골라 가며 말을 이었다.

"다만 저는 제 입으로 제 신상이 어떻단 이야기는 하지 않았고, 더불어 면접 과정에서 제가 어떤 사람이라는 걸 꿰고 계신 윤선희 실장님은 사적인 자리에서 다른 사람 이야기를 함부로 하지 않을 분이라 생각했습니다. 그러니 만일 이후, 다른 분들이 비서실에 있는 저를 보더라도 크게 의아해하진 않을 거란 판단도 있었어요. 그도 그럴 게, 이미 SJ컴퍼니에는 다양한 사람들이 한데 어우러져 모여 있으니까요."

뭐, 경영고문이 이휘철 회장인 시점에 또 달리 누군가 끗발 날리는 사람을 고용하고 있다는 정도야 상대적으론 아무것도 아니겠지.

전예은의 말 자체는 청산유수였지만, 그녀의 말은 한 가지 단서를 전제로 삼아야 했다.

'전예은 스스로 자신이 사람 보는 눈엔 틀림이 없으리란 확신.'

전예은이 조심스레 말을 이었다.

"이런 말씀을 드리면 언짢으실지도 모르겠지만, 사장님께서는 제게 앞서 모든 지원을 아끼지 않겠다는 말씀도 하셨고요."

나는 전예은을 보며 싱긋 웃어보였다.

"저로선 그게 거짓말의 공범으로 절 끌어들이려는 것인 줄은 몰랐는데요."

내 말에 전예은은 고개를 숙였.

"……인영 오빠에겐 제가 잘 말해 볼게요."

그런 그녀를 보며 나는 방금 지었던 미소를 거둬들였다.

"이번 일은 전적으로 위임한다고 했습니다만, 선은 지켜 주십시오. 저는 휘하 사원들과 신의를 중요하게 생각하고 있습니다."

"……."

"제가 지향하는 사풍이 엄격한 건 아니지만, 그렇다고 업무에 진지하지 않은 것은 아닙니다."

전예은은 마른침을 꼴깍 삼켰다.

"유념하겠습니다."

"좋습니다."

뒤이어, 나는 보란 듯 미소를 지어 보였다.

"그럼 슬슬 움직여 보죠."

"……네."

내가 전예은과 따로 친분이 있었거나, 하다못해 윤아름 정도만큼 친했다면 그녀의 경직된 어깨를 장난스레 툭 하고 쳐 주기라도 했겠지만.

그건 피차 어울리지 않고, 앞으로도 그럴 일은 없을 거란 생각이 은연중 피어올랐다.

'이래저래 똘똘한 편이고 사람 보는 눈도 있는 것 같긴 하지만, 정작 내가 어떤 인물인지는 파악하지 못하는 눈치군.'

여의도에 위치한 SJ엔터테인먼트 아이돌 연습 사무소는 바른손레코드의 협조를 통해 임대한 곳으로, 각종 방송사가 밀집한 부지에 인접해 있었다.

이 시대엔 아직 전문적으로 안무와 노래를 겸비한 그룹이 잘 없는 데다가 소위 '춤'을 추고 연습할 만큼 특화된 연습실이 전무하다시피해서, 지하실에 별도의 개수 과정을 거쳐야 했다.

한번은 댄스홀이나 발레 교습소를 뜯어고칠까 생각도 했지만, 그에 따른 비용보다 방음 시설이 완비된 녹음실 환경을 구축하는 것에 예산이 더 많이 들었기에 보다 장기적인 관점에서 임대 장소를 개수하는 방향으로 선회한 바.

'이들이 돈을 벌어들인다면 관련해 별도의 사옥도 내게끔 고려해 보겠지만.'

다만 아직까진 그 정도 수준은 아니었고, SBY를 필두로 후속 아이돌 그룹이 궤도에 오르고 나면 생각해 볼 문제였다.

전예은을 데리고 사방 거울이 즐비하게 붙은 연습실로 들어서니, 왁스를 적절히 먹인 매끈한 마룻바닥에 앉아 허리를 꾹꾹 눌리며 비명을 지르는 남자들이 있었다.

"끄아악! 정강이, 정강이! 찢어져요!"

"5초만 더. 5, 4, 3, 2, 둘에 반, 반에 반, 1. 끝!"

연습에 앞서 몸을 풀고 있는 SBY였다.

나 역시도 TV나 서류상의 프로필이 아닌 실제로 이들을 만나 보는 건 이번이 처음이었다.

'열심히들 하는군.'

트레이닝복 차림으로 땀을 뻘뻘 흘리는 SBY는 우리가 들어온 것도 눈치채지 못하고 몸풀기에 전념했다.

그들이 우리 존재를 눈치챌 즈음.

"왔어?"

가로봉에 엉덩이를 걸치고 있던 천희수는—이럴 때가 아니면 언제 해 보겠냐는 식으로—보란 듯 손을 흔들어 가며 내게 반말을 했고, 바닥에 기진맥진 뻗어 있던 일동이 슥, 고개를 돌려 우리를 보았다.

"연습해, 연습. 단순 참관이야."

천희수는 그렇게 지시하곤 내 어깨에 팔을 두르며 구석으로 향했다.

"마침 잘 왔어. 이제 막 안무 연습에 들어갈 예정이거든."

"아, 네. 그렇군요."

"방해 안 되게 여기서 가만히 있어."

그 와중 SBY 일동은 우리가 누군지 의아해하는 얼굴이었고, 저들끼리 무어라 쑥덕거리더니 그들 중 한 명이 일어나 제 다리를 주무르며 천희수에게 다가왔다.

"실장님, 누굽니까?"

천희수는 '니들 사장님'이라고 말하는 대신 사전에 협의한 대로 능글능글하게 말을 맞췄다.

"아는 꼬맹이야. 니들 팬이라고 얼마나 성화인지, 나도 결국 데려올 수밖에 없었지. 정말, 귀찮은 꼬맹이라니까."

그러면서 천희수는 내 머리를 귀엽다는 양 쓱쓱 쓰다듬으며 헝클어뜨렸다.

'후폭풍을 고려하지 않는 걸 보니 출세는 글렀군.'

이번 일은 고과에 반영할 생각이다. 간접적으로.

내가 머리를 정리하는 사이, 전예은이 미소를 지으며 인사를 건넸다.

"안녕하세요, 리더인 찬성 오빠죠? 전예은이라고 합니다. 저, 오빠 팬이에요."

"으음."

본명은 따로 있지만, 어쨌건 '찬성'이라는 예명으로 활동하고 있는 SBY의 리더는 팬임을 자청하는 전예은의 말에 싫지 않다는 듯 빙긋 웃었다.

"환희가 아니라 내 팬이라고?"

일견 자조적인 농담이었다.

SBY는 여느 성공한 아이돌 그룹들처럼 각자의 개성을 극대화한 컨셉을 맞춰 두고 있었는데, 그가 말한 '환희'란 비주얼 및 가창력 담당으로 개중 가장 많은 팬을 보유하고 있었다.

'비주얼 담당이 가창력까지 있으면 반칙이란 느낌이지만, 뽑고 보니 그랬던 걸 어쩌겠어.'

그에 비해 찬성은 SBY의 리더 포지션이긴 했으나 가진바 개성은 개중 가장 희미했다.

적당히 노래 잘하고, 적당히 춤 잘 추고, 적당히 잘생긴.

윤아름 곁에서 줄곧 그녀를 관찰해 온 나로서도 찬성에게 선 이렇다 할 오라를 느끼지 못하고 있었다.

'뭐, 윤아름의 존재감과 비교하면 다들 달 아래 반디겠지만.'

그가 SBY의 리더 포지션을 맡고 있는 것도 고만고만한 개중 가장 연장자—라고 해 봐야 올해로 19세 정도지만—여서 란 이유였으니.

하지만 전예은은 마냥 빈말이 아니라는 듯이 눈을 반짝이면서 고개를 끄덕였다.

심지어 나조차도 '진짜 팬인 거 아닌가' 싶을 지경으로.

"네! 저, 1집 앨범에 실린 오빠의 'Midnight'을 가장 즐겨 듣고 있거든요."

"오올."

보다 구체적인 칭찬을 들은 찬성은 천연기념물을 보는 듯한 눈으로 미소를 지으며, 이번엔 나를 보았다.

"너는? 너도 혹시 내 팬?"

"저는 뭐, 그냥 전부요."

"여자 친구한테 끌려왔나 보구나."

"여자 친구 아니에요."

"아니야?"

"제가 한참 연하인걸요. 저는 초등학생이지만 여기 있는 예은 누나는 올해로 17살이에요."

"엥, 지수랑 동갑이라고?"

여담이지만 그가 말한 지수란 팀의 막내였다.

말이 막내지, 생긴 건 다소 마초틱했고, 파워풀한 댄스와 중성적인 예명(드물게도 거의 본명 그대로다)에 막내라는 포지션의 갭으로 이래저래 마니악한 팬 층을 긁어모은 모양.

'그러고 보면 SBY가 이래저래 팬 층은 넓고 다양해. 1집도 실패했다고만은 볼 수 없지.'

어디까지나 기대가 큰 것이었으리라.

운도 따라 주지 않았지만.

천희수는 이야기가 조금 길어졌다 싶었는지, 이들의 데워 둔 몸이 식기 전에 끼어들었다.

"자, 연습해, 연습. 팬 미팅은 나중에 하고."

"아, 넵."

찬성은 몸을 돌리며 전예은에게 미소를 보냈다.

"그럼 나중에 사인해 줄게."

"네, 꼭요. 앨범도 가져왔거든요."

"하하, 너도 참."

그 등 뒤로 귀엽게 손까지 흔들어 보인 그녀는 내 물끄럼한 시선을 눈치챘는지, 내 귀에만 들리게끔 나직하게 내뱉었다.

"빈말은 아니에요."

"진짜로 팬이란 의미입니까?"

"예? 아뇨, 그게 아니라…… 나중에 말씀드릴게요."

그사이, 천희수가 이들 앞으로 나서며 짧은 훈시를 늘어놓은 뒤, 준비된 오디오에 음악을 틀었다.

척.

음악이 시작되자, 이들의 눈빛이 변했다.

외부 작곡가를 초빙해 만든 2집 앨범의 타이틀곡은 유로비트 풍의 댄스곡으로, 아직 가사를 붙이진 않은 모양인지 비트를 크게 키운 음악이 울려 퍼지는 가운데, 간간이 신발 밑창과 마룻바닥의 마찰음이 끽끽거리는 소리가 들려왔다.

"하나, 둘, 하나, 둘, 1, 3, 1, 5!"

천희수가 섭외한 안무 지도자의 목소리와 박자를 맞추는 박수에 맞춰 SBY는 일사불란하게 대오를 갖췄고, 그사이 천희수가 내게 다가왔다.

천희수는 전예은이 그들의 춤사위를 지켜보는 양을 힐끗 쳐다보더니 몸을 낮추고 내게 슬쩍 말을 던졌다.

"제법 보는 눈이 있네요."

"예? 뭐가요."

"그래 봬도 1집에 찬성이 녀석이 솔로로 부른 'Midnight'이 아는 사람 사이에선 호평이거든요. 가희도 개인적으론 가장 마음에 들어 했던 곡이고요."

나름대로 평단의 호평은 끌어냈다는 의미일까.

뭐, 그 정도야 조금만 조사해도 알 법한 이야기지만.

천희수가 싱글싱글 웃으며 말을 이었다.

"이유는 모르겠지만, 왠지 사장님을 대하는 기분이 드는 구먼요."

"……."

에이, 그 정도는 아니겠지.

연습 내내 전예은은 놀라운 집중력을 발휘하며 그 시선을 붙박아 두었다.

누가 보면 정말로 팬인가 싶을 지경이었는데, 입가엔 그녀 특유의 희미한 미소가 늘 걸려 있었지만, 눈은 웃고 있질 않았다.

곡이 끝나고 잠시 자세를 유지하던 SBY는 안무 전문가의 신호에 고개를 꾸벅꾸벅 숙이며 연신 '수고하셨습니다'를 외쳐 댔다.

프로듀서로서 천희수의 장점 중 하나는 그 휘하 아이돌의 인성 교육에 부족함이 없단 점이었다.

전생에도 천희수 소속의 아이돌들은 인사를 꼬박꼬박 잘하기로 유명했는데, 이는 그네들이 신인을 지나 몸값이 올라간 이후에도 습관으로 남아서 어쨌건 무슨 사고가 터지더라도 대중들 사이엔 '설마' 하는 심리적 브레이크를 걸어 두는 효과도 있었다.

'히트송 하나 없이 무명 가수로 세월을 보내야 했던 그의 심리적 반작용일까.'

그것과는 별개로 한편 이번 SBY의 무대는.

'나쁘진 않아. 나쁘진 않은데⋯⋯.'

나도 모를 선입견이 있기라도 하는 걸까, 이들의 빈틈없는 연습을 보고 난 뒤임에도 불구하고, 나는 그들이 타인의 마음을 확 잡아끄는 정도로 훌륭하단 생각은 들지 않았다.

'일류 작곡가의 곡에 일류 안무 전문가의 춤, 뒤떨어지지 않는 실력, 단점이라곤 찾아보기 힘든 그룹인데. 그거 참 묘하군. 세상사라는 건 이론만으론 굴러가지 않는 법인가.'

그렇다곤 해도 아마, 이번에도 실패는 하지 않을 것이다.

하지만 이대론 '대박'이 힘들단 생각이 드는 것도 사실.

내겐 SBY가 실패하더라도 큰 손해는 없는, 이른바 계륵 같은 사업 아이템이긴 했으나 그렇다고 마냥 투자대비 실익이며 성공을 거두지 못해도 무방하단 의미는 아니었다.

'오죽하면 지푸라기라도 잡는 심정으로 전예은을 이용해

먹으려 했겠어.'

내 곁에 있던 천희수는 반성회 겸 개선을 점검하러 자리를 떠났고, 이제 전예은의 능력을 검증해 볼 단계였다.

"어떻게 보세요?"

전예은은 힐끗 눈동자를 굴려 나를 보았다가 남들에겐 들리지 않을 목소리로 대꾸했다.

"기대했던 그대로예요. 흠잡을 곳이 없어요."

"흐음. 그렇다는 건 다시 말해 이번 2집의 성공이 보장되어 있다는 말씀입니까?"

"운이 좋다면 그럴 수도 있겠죠."

내가 살짝 실망할 겨를도 없이, 전예은의 대답은 제법 대담하게 내 가슴을 파고들었다.

이어서 전예은은 나직이 대답을 이어 갔다.

"객관적으로 놓고 본다면, 흠잡을 곳을 찾기 힘들 정도예요. 그러나 흠결이 없다는 건 다시 말해 몰개성을 의미하기도 하거든요."

전예은은 SBY 일동이 안무 전문가의 지도를 받으며 동작을 고쳐 가는 모습을 보면서 말을 이었다.

"물론 아직 제대로 된 가사도 붙질 않았고 가녹음 정도만 마쳐 둔 상황이지만…… 지금 시점만 놓고 감히 평가하자면 차라리 1집을 더 높이 평가하고 싶을 정도예요."

그녀는 '왜냐하면' 하고 말을 이었다.

"SBY는 1집 때만 하더라도 이전까진 대한민국에 없던 그룹 활동 가수였으니까요."

확실히, 그들은 기획 당시부터 의도적으로 시대를 앞서간 그룹이었고 이는 현재진행형이다.

전예은은 잠시 입을 다물었다가 주위의 눈치를 살피며 다시 말을 이었다.

"다만. SBY가 다른 가수들에 비해 구성이나 방식 면에선 시대를 앞서갔단 느낌이 드는 한편으론 이제 나올 만해서 나오게 되었다는 느낌도 들었거든요."

"……."

딱히 부정할 수가 없다.

어쨌거나 전예은의 말은 SBY라는 아이돌 그룹의 핵심을 꿰뚫고 있었다.

'하지만 거기까진 나나 천희수도 아는 바고.'

나는 슬쩍 물었다.

"그렇다면 전예은 씨가 보기에 이들의 문제점이 무엇이라고 생각합니까?"

"문제점이 없다는 게 문제예요."

웬 선문답을 이어 갈 생각인가 싶었더니, 전예은이 말을 이어 붙였다.

"지금 SBY에겐 의외성이 없어요."

"의외성?"

"네."

전예은은 짧게 고개를 끄덕였다.

"흔히들 한 시대를 풍미했다고 하면 그 시대 기준으로 파격인 것들이 많았죠. 사장님도 아시다시피 파격성이란 의외성이고, 의외성이란 남들이 생각하지 못한 요소가 두드러지는 것을 말하고요. 하지만…… SBY는 일견 파격적인 듯하면서도 그렇지 않아요. 언제나 보험을 들곤 하죠. 특히, 예전에도 그랬지만, 이번엔 특히나 안정적이에요. 그건 앞으로 나올 아이돌 그룹의 교과서라고 할 수 있을 정도지만……."

어디까지나 교과서.

"그런 의미에서 '의외성이 없다'고 말씀하신 거군요."

내 맞장구에 전예은이 희미한 미소를 머금었다.

"네. 하지만 이번에는 그런 경향이 유독 두드러져요. 제가 앞서 찬성 씨의 1집 앨범 수록곡인 'Midnight'을 높이 평가했다는 건."

전예은의 시선은 멤버들을 다독이는 찬성에게 향했다.

"그 완성도와는 별개로 그 안에 찬성 씨의 색깔이 묻어나 있었기 때문이에요."

"색깔……."

SBY의 1집 수록곡 중 찬성이 솔로로 부른 'Midnight'은 타이틀 곡도, 서브 곡도 아닌 위치에서 무대에 선단 전제 없이 녹음만 해 둔 곡이었다.

'Midnight'은 댄스 아이돌인 SBY의 방향성과 별개로 모던 락을 지향하며 밴드 사운드를 입힌 가창곡이었는데, 찬성은 이 곡에서 보컬 겸 기타리스트로 잔잔한 곡조에 자신만의 색을 더했다.

거기서 나는 '들을 만은 하군' 싶으면서도, 이래저래 나도 모르게 생겨난 이번 생의 재능은 찬성의 부족한, 그저그런 역량을 간파해 냈다.

어디까지나 아이돌이라고 하는 그룹 사운드, 그 속에 섞여 있기에 평균 수준을 유지하는 가수.

전예은이 말을 이었다.

"그런 의미에서 이번 SBY의 무대는 그나마 1집에 있던 장점마저 퇴색하고 말았다는 느낌이 들어요."

"……."

즉, 그녀의 견해는 시대를 앞서갔단 새로움이 이들 SBY의 의외성이자 개성이었으나 비슷한 노선을 답보할 2집 앨범에 들어선 그마저도 무색해질 것이란 의미였다.

"아, 그렇다고 아주 실패할 거란 의미는 아니에요. 이번 2집 앨범도 어느 정도 유의미한 성공을 거둘 거란 건 분명해 보이고요. 하지만 사장님께서 요구하신 차트 1위를 노리기엔 조금……."

"……."

전예은은 묵묵히 서 있다가 고개를 돌려 나를 향했다.

"그래서 저는 왠지 이들 SBY의 컨셉과 방향성이 그동안의 사장님답지 않단 생각이 들곤 해요."

전예은의 말엔 관리자이자 사업가로서 나를 평가하는 듯한 느낌도 없잖아 있었다.

어느 기점 이후로 나는 종종 이휘철과—비록 몇 점 깔고 시작함에도 불구하고 그 상대는 되지 않았지만—바둑을 두곤 했는데, 내 대국 스타일은 어느 쪽이냐 하면, 방어적이고 지키는 쪽에 가까웠다.

이휘철은 그런 나를 두고 평하길.

「네가 사업으로 벌여 둔 것과 바둑수는 반대로구나.」

하고 사뭇 의미심장한 말을 했다.

그건 내 본질을 관통하는 핵심이기도 했다.

이휘철이 꿰뚫어 보았듯 내 스타일이란 관리하고 지키는, 안정적인 상황을 추구하는 것이 타고난 천성인 듯했다.

그러나 내가 사업가로서 길지 않은 지난 시간동안 해 온 건, 일견 파격적으로 보이는 것들이었다.

굵직한 것들만 놓고 보면 윈도우 95, 모바일, MP3 등이 있을 것이고.

자잘하게 보면 무명 영화감독의 입봉작에 윤아름을 투입한 것이며, 과연 성공할지, 아니 완성은 할지조차 의문인 일본의 패킷몬스터에 과감한 투자와 라이센스 조건 계약까지.

어느 하나 빼놓을 것 없이, 그 성공을 담보하기 힘든 건곤일척의 도박수였다.

하지만 그건 어디까지나 남들 보기에 그렇다는 것으로.

정작 나는 '미래의 확정 요소'를 토대로 사업을 맞춰 가면서, 동시에 이 확정 요소들이 틀어지지 않게끔 무심결에 방향을 선회하기도 했다.

그런 의미에서 보면, SBY란 내 본질에 묻어난 사업적 수완이 비유적으로 형상화한 것이라고 볼 여지도 있었다.

'교과서적이며 타의 모범이 될 만큼 무난하고 안정적인, 하지만 그렇기에 평범한 성과밖에 거두질 못하는.'

결국 내가 이룩한 성과랄 것도 어느 정도 미래에 있을 확정 요소를 전제로 깔고 들어간 포석에 다름 아니었으며, 그런 내 움직임 하나하나는 이제 '내가 알고 있던 역사'와 조금씩 멀어져 가며 나로 하여금 은근한 강박을 느끼게 만들었다.

'아직까진 결과적으로 잘 굴러가고 있지만.'

만능의 전지전능함은 더 이상 기대할 수 없다.

MP3 때만 하더라도, 전생과 현생의 역사가 틀어졌다.

지금은 MP3 인코딩을 도맡아 주는 바른손레코드 직영점을 중심으로 변화가의 구심점이 이루어져 있으나, 당시만 해도 나는 일이 이렇게까지 잘 풀릴 줄은 몰랐고 심지어는 이태석 부자에게 '이 시기엔 MP3가 잘될 리 없다'고 예측한 것도 기분 좋게 빛나갔다.

더욱이 김민혁의 조언이 아니었더라면 근처에 상가를 매입하고 카페를 두는 등 부속 사업의 성과도 거두지 못하고 눈앞에서 다 잡은 고기를 놓치고 말았을 터.

전예은은 내 눈치를 살피며 조심스레 말을 붙였다.

"혹시 제 말이 주제넘게 들렸다면……."

"아닙니다. 좋은 지적이에요."

전예은의 말이 나와서가 아니라, 그건 나 스스로 줄곧 생각해 오던 나 자신의 문제점이었다.

나 역시도 그런 나 자신을 알았기에 이를 보완하고자 능력 있는 인재들을 긁어모아 적재적소에 배치하는 식으로 디테일한 부분을 채워 가고 있었지만.

결국 모든 일의 최종 의사결정권자는 다름 아닌 나였다.

그러니 오히려 나로선 이 자리에서 그걸 밝혀낸 그녀가 역시 범상하진 않단 생각과 함께, 잘만 하면 내 부족한 부분을 채워 줄 인재란 생각마저 들었으니까.

'이런 식으로 전예은이 내 단점을 보완해 줄 정도로 나서 주면 더할 나위 없겠는데.'

그러니 의도한 것인지, 아니면 우연인지, 그녀가 내게 다가와 '의사결정에 도움을 드릴 수 있다'고 말한 건 내 가려운 부분을 대신 긁어 주는 것이기도 했다.

'속단하긴 일러도 그녀에겐 목적을 위해 수단을 도외시하는 경향이 있긴 했지. 당장만 놓고 본다면 효과적인 것들이지만 내가 보기엔 다소 근시안적이었고. 그 부족한 부분은 내가 채워 나갈 수밖에.'

그리고 내가 전예은에게 기대하는 바는 그런, 내게 부족한 부분을 채워 줄 의외성이었다.

'······어쨌건 확실히, 범상하진 않아.'

그와는 별개로, 문제는 결과다.

그럴듯한 말이라면 그 누구라도 할 수 있고, 그것이 말 뿐인 것이 아님을 증명하는 것은 소수의 재량이다.

나는 미소 띤 얼굴로 물었다.

"그렇다면 이들의 역량을 끌어올려 차트 1위에 이름을 올릴 만한 방법이 있겠습니까?"

"······."

전예은은 생각에 잠긴 얼굴로 묵묵히 서 있다가 천천히 입을 뗐다.

"몇 가지, 생각하고 있습니다."

"한 가지가 아니라 몇 가지나요?"

"······."

전예은은 나를 물끄러미 쳐다보았는데, 방금 한 말이 농담인지 비아냥거림인지 헤아리기 힘들어 불편해하는 기색이었다.

"농담입니다."

"……아, 네."

여기 오기 전 회의실에서 한 소리 들은 탓에 조금 위축되어 있는 모양이었다.

"어쨌건 단 한 가지의 수보단 여러 방책이 있는 편이 도움이 되겠죠. 결국은 그 모든 가지가 하나의 줄기로 수렴하게될 테니까요. 그래서 전예은 씨가 떠올린 방법이란 건?"

전예은은 내 물음에 무표정하던 얼굴을 예의 희미한 미소로 고쳐 답했다.

"우선은 예정 스케줄을 취소하는 거예요."

"……앨범 발매며 컴백을 물리자는 겁니까?"

전예은은 고개를 끄덕이곤 천희수가 SBY를 데리고서 이쪽을 힐끔거리는 모습에 활짝 웃으며 손을 흔들었다.

그러면서, 내게만 들리게끔 중얼거렸다.

"네. 의외성을 쌓을 시간이 필요해요."

흐음.

1996년도의 대중가요계를 생각하면, 그나마 지금 이 시기가 가장 적절할 텐데.

'천희수는 전예은을 두고 나를 보는 것 같단 운운을 했지만, 오히려 상극이야.'

전예은은 지금 검증되지 않은 이론을 들고 와서, 그야말로내게 도박수를 던지려는 셈이었다.

'밑져야 본전……인가.'

나는 전예은을 물끄러미 쳐다보았다.

연습을 살피고 녹음실에 들른 전예은은 압축 과정을 거치지 않은 무손실 음원에 이어 CD, 그리고 MP3로 압축된 곡까지 모두 들은 뒤, 끼고 있던 헤드셋을 벗었다.

"으음."

그러고 난 뒤, 전예은은 뒤에 우두커니 서 있던 천희수에게 물었다.

"이번 앨범엔 공가희 씨가 참여하지 않으셨나요?"

그 말에 천희수는 눈을 동그랗게 뜨곤 나를 살폈다가 고개를 돌렸다.

"어떻게 알았습니까?"

"예? 아뇨, 여기 종이에 공가희 작곡이라는 이름이 안 적혀 있어서 재차 여쭤본 건데요."

그러면서 전예은이 곡 리스트가 적힌 종이를 팔랑팔랑 흔들어 보였고.

"……흠, 흠."

천희수는 괜히 민망하다는 양 헛기침을 했다.

"아, 예, 뭐. 아무래도 가희가 슬럼프를 겪는 것 같아서 이번 앨범엔 불참하는 것으로 당사자와 합의를 보았습니다. 사장님도 승인하셨고요."

천희수의 말마따나, 윤아름이 부른 매직 캐슬의 편곡에 드라마 OST 등 승승장구 커리어를 쌓아 올리던 공가희는 '공식적인 첫 데뷔 앨범'이 부진을 겪게 되자 말수가 줄어들고 시무룩한 모습을 보였다.

오죽하면 평소 회사를 뻴뻴거리며 돌아다니던 공가희의 부재를 두고 '가희한테 무슨 일 있냐'며 조인영에게 물어본 개발자도 있었을 지경이니.

'그렇다고 1집 앨범이 아주 실패한 건 아닌데 말이야.'

공가희는 어디선가 소위 말하는 대중 평론가들의 '진부'하다느니 '깊이가 없다'는 소릴 주워듣고 충격을 받은 모양.

천희수는 내게 '가희를 컨트롤할 필요가 없어져 편하다'고 말했지만, 속내는 그렇지만도 않은 모양인지 알게 모르게 신경을 쓰는 눈치이기도 했다.

"그런가요? 으음. 일단 알겠습니다."

전예은은 관련해 하고 싶은 말이 많아 보였지만, 지금은 때가 아니라는 판단에서였는지 말을 아꼈다.

"실장님, 2집 앨범 구성은 여기 목록에 나온 12곡이 전부인가요?"

"예, 얼추 그렇습니다."

천희수의 대답을 들은 전예은은 고개를 끄덕이곤 녹음실 의자에 등을 기댔다.

그러고 나선 생각에 잠긴 얼굴이었는데, 내겐 이 상황을 타개할 방법이 보이질 않는 모습이라기보단 어떤 구실을 들어 말을 꺼내야 할지 고심하는 모양새였다.

확실히, 이번 2집 앨범의 구성은 앞서 1집의 컨셉을 답습하고 있었다.

보다 구체적으로 말하자면 SBY의 컨셉 자체는 이미 1집때 완성되어 있었다는 것이기도 해서, 전예은이 바라는 '의외성'은 이미 적잖은 자본이 투입된 2집 앨범을 갈아엎지 않고선 나올 수 없는 상황.

짧은 고민을 마친 전예은이 툭 흘리듯 말을 붙였다.

"제가 보니까 가요무대를 제외한 SBY의 예능 출연은 염두에 두지 않으신 거 같은데요."

예능 출연이라.

천희수는 그 말에 웃는 낯으로 대꾸했다.

"아이돌이니까요. 어느 정도 신비주의 컨셉은 필요하지 않겠습니까?"

"그러셨군요. 사실, SBY의 팬으로서 말씀드리자면 이제 슬슬 멤버들의 다른 일상이며 일면을 보여 줘도 괜찮을 거 같아서요."

'교과서적으로' 답하자면, 이른바 아이돌이라 불리는 이들이 신비주의 컨셉을 벗어던지고 대중 앞에 은근한 허당 끼를 보이기 시작한 건 90년대 말, 2000년대 즈음 들어서였다.

실제로 예능에서 보인 친근하고 따스한 이미지가 대중들의 호감을 사서 '착한 아이돌'이라 불리는 이들이 한 세대를 풍미한 터줏대감으로 자리 잡았던 사례도 있었으므로.

전예은이 웃는 얼굴로 말을 이었다.

"이미 편성되어 있는 예능 프로그램에 출연하는 것도 나쁘지 않겠지만, 개인적으론 SBY가 중심이 되는 새로운 프로그램을 편성해도 좋을 것 같아요."

"으음, 신규 예능이라."

천희수가 고개를 끄덕이더니 이번엔 나를 쳐다보며 미소를 띠었다.

"마침 생각난 주제가 있는데요."

"뭡니까."

"어느 날 출근했더니 베일에 가려진 사장님이 초등학생이었다, 같은 건 어떻습니까?"

"……."

"에이, 농담입니다, 농담. 몰래카메라도 종영한 지 한참 됐고요."

뭐, 몰래카메라라고 하니 그것도 나중에 몇 년 뒤 '돌아온 몰래카메라'라는 이름하에 재편성되긴 하지만, 아직도 종종 회자되는 걸 보면 어쨌건 대단한 프로였긴 한 모양이다.

떨떠름해하는 나를 제쳐 두고 천희수가 재차 말을 이었다.

"그런데 사실은 이래저래 SBY의 예능 섭외는 들어오고 있었습니다. 그동안은 저희 컨셉도 있고 해서 차일피일 출연을 미뤄 오고 있었는데……. 전예은 씨의 이야기를 듣고 보니 이제는 슬슬 예능 판에 발을 들이밀어도 될 거 같은데요."

"어머, 정말인가요?"

전예은의 자연스러운 맞장구에 천희수는 이야기의 주체를 자신으로 여기며 말을 이어 갔다.

"그럼요. 우리 애들, 그래 봬도 인기는 제법 있습니다. 어쨌건 다섯 명이나 되니까 화면이나 오디오가 빌 걱정도 없고요. 사장님만 괜찮으시다면 연락을 넣어 보겠습니다."

당초 신비주의 컨셉에 동의했던 천희수도 이 시점엔 SBY를 예능 판에 밀어 넣고 이래저래 굴리는 방안을 생각하던 모양이었다.

그렇게 그들과 1년 넘게 지내는 사이, 천희수는 이들을 예능 판에 집어넣는 것도 나쁘지 않겠단 생각을 떠올린 듯했다.

사실, 신비주의 컨셉이란 일종의 보험이다.

어쨌건 입을 다물고 있으면 불필요한 사건사고가 터지는 걸 예방할 수도 있고, 또한 이는 소위 '우리는 음악으로 모든 것을 말한다'고 생각하는 자존심 강한 뮤지션 부류가 추구하는 방침이기도 했으므로.

그건 플러스 요인이라기보단 마이너스를 만들지 않겠다는 쪽에 가깝고, 그럴 만한 역량만 된다면 예능을 통해 인지도를 높이는 편이 여러모로 이득이었다.

'하긴 전예은이 주창하는 의외성을 만들어 내려면 그게 가

장 쉽고 빠른 방법이니.'

나는 잠시 생각하다가 고개를 끄덕였다.

"알겠습니다. 슬슬 몇 가지 섭외를 받아 보도록 하죠. SBY 가 주축이 되는 신규 예능 프로그램도 한번 기획해 보세요."

"예, 알겠습니다!"

천희수는 싱글벙글 웃으며 메모지를 꺼내 스케줄을 검토 했고, 전예은은 빙그레 웃으며 고개를 떨어트리더니 예의 곡 목록이 적힌 종이를 물끄러미 쳐다보았다.

'남은 건 각자의 개성이 예능에서 시너지를 일으킬 수 있 느냐의 문제겠지.'

다만 그것 외에도, 전예은은 몇 가지 신경 쓰는 일이 있는 듯했다.

'공가희를 어떻게든 살려 보려고 생각 중인 걸까.'

글쎄, 나로선 전예은의 생각을 알 수가 없으니.

'조금 거리를 두면서 관찰해야겠어.'

한편, 한성아는 요한의 집에서 만났던 PD와의 인연으로 반쯤은 형식상의 오디션을 보았고, 그 뒤 아침 드라마 출연 이 확정되었다.

아직 방송이 전파를 타기 전이었지만, 마동철의 이야기를 들으니 현장 분위기는 나쁘지 않은 모양이었다.

아니, 오히려 현장 분위기를 주도하는 건 한성아라는 말이 있을 정도였다.

'아침 드라마니 큰 기대는 하지 않지만, 데뷔작치곤 나쁘지 않겠지.'

한성아의 일은 그렇게 관망 중인 상황에서.

동시기 윤아름이 방준호 감독과 촬영한 영화인 〈우리들 이야기〉 역시도 대중들에게 첫 선을 보였다.

나름 이 시대를 대표하는 아역 스타였던 윤아름의 첫 주연 영화였음에도 불구하고 전국 관객 10만 명 정도에 그쳤는데, 애당초 저예산 독립 영화를 표방했던 〈우리들 이야기〉였으니 나 또한 큰 기대는 하지 않았다.

아니, 오히려 시대를 감안하면 나쁘지 않은 성적이었다.

'뭐, 이래저래 상영관을 찾기도 힘들 지경이었으니까. 나로선 방 감독과 인연이 닿은 정도로 만족해야겠어.'

겸사겸사 배급사로서 SJ컴퍼니가 영화판에 발을 들이밀 계기를 마련한 것까지 포함해서.

그럼에도 불구하고 영화가 평단의 주목과 호평을 끌어낸 것은 사실이어서, 뒤늦게나마 입소문을 타고 이 시기의 '비디오 대여점'이라 불리는 VHS 시장에선 적잖은 수요가 있었다.

들리는 말로는 올해 있을 영화제의 '신인 주연상' 정도는 따 놓은 당상이라지만, 연초 개봉작은 시상식에 불리하다는 것이 주지의 사실이었기에 나는 그 소식을 듣고도 고개만 끄덕였다.

그 대신이라고 하긴 뭣하지만, 이번 영화를 통해 윤아름의 연기력은 재평가를 받았다.

문외한인 내가 보기에도—방준호 감독의 연기 디렉팅이 뛰어난 덕인지—영화 속 윤아름의 연기는 그 또래에선 볼 수 없는 완숙한 경지에 이르러 있었다.

이로서 윤아름은 영화 흥행과는 별개로 '아역 배우'라는 꼬리표를 떼어 냈고, 그 결과 무수한 섭외 요청이 쏟아지게 되었다.

정작 윤아름 본인은 눈에 차는 작품이 없었던 모양인지, CF 정도만 출연하거나 이 시대의 TV 단막극에 출연하는 정도로 96년도 상반기 커리어를 마무리 지으려는 듯했다.

그 TV 단막극도 방송국 측이 성공적인 입봉을 마친 방준호 감독에게 온 제안이었고, 여타 방송에 출연을 고사해 오던 윤아름이 단막극에 얼굴을 들이민 것도 방 감독과 의리상 다시 한번 호흡을 맞춘 것에 불과했다.

'뭐, 이제는 중학생이 되었으니 이래저래 개인적으로 신경 쓸 거리도 많겠고.'

관련한 일이 궤도에 오를 즈음, 나는 사모에게 연락을 받았다.

―아들! 엄마 지금 회사 앞인데 들어가도 될까?

무슨 일일까.

그러잖아도 얼마 전부터 마동철을 통해 무언가 일을 획책 중이던 사모였다.

이제는 전무로 승진한 마동철은 관련해서 말을 아꼈지만, 이래저래 사모의 등쌀에 시달렸단 흔적이 역력해서 나로선 조금 안쓰럽게 생각하던 중이었다.

'임원 짬밥에 할 만한 일은 아니었지만.'

어쩌겠는가, 세상사 권력이라는 것도 어디까지나 상대성에 기초하고 있는 것을.

"아뇨, 제가 내려가 볼게요. 주차장이시죠?"

―아니야. 뭘. 그냥 로비에 있을게.

"그러면 데스크에 말씀하시고 VVIP 전용 응접실에서 기다리고 계세요. 금방 내려가겠습니다."

통화를 마친 나는 전예은에게 안내 데스크로 호출을 부탁한 뒤 사장실을 나섰다.

그렇게 사모는 명의상 대표로 있던 SJ컴퍼니로 출근 아닌 첫 방문을 하게 됐다.

"왔니?"

사모는 내 말대로 빌딩 로비에 마련된 VVIP 전용 응접실에 있었는데, 거기엔 사모뿐만이 아니라 안동댁까지 함께였다.

"회사 좋은데? 서울이랑도 가깝고."

그러면서 사모는 비치된 커피를 홀짝였다가 빙긋 웃으며 자연스럽게 컵을 내려놓았다.

"커피 좋네. 이것도 너희 브랜드지?"

"아, 네. 원두는 좋은 걸 가져다 쓰고 있거든요. 저는 잘 모르지만요."

원래 '카페 프랜차이즈'라는 사업 분야가 궤도에 오르려면 지금보다 더 후일을 도모해야 했지만, 이번 생엔 김민혁의 틈새시장 공략이 주효해서 지금은 여타 대형 식품 브랜드에서도 일찌감치 해당 사업 분야에 눈독을 들이기 시작한 무렵이었다.

고작해야 콩 태운 물 한 잔에 몇천 원씩을 받는단 건, 여러모로 수익성 좋은 상품이었으니까.

"아무렴 우리 아들이 하는 일인데 어련하려고."

그렇게 운을 뗀 사모는 내게 자연스럽게 자리를 권하며 말을 이었다.

"그보단, 오늘은 저번에 엄마가 말했던 사업 이야기를 할까 해서."

나는 가만히, 어색한 미소를 띤 채 앉아 있는 안동댁을 의식하며 말을 받았다.

"사업이라면, 반찬 가게 말씀인가요?"

"응, 맞아. 그거야. 마동철 전무에게 들은 거 없니?"

"어머니께서 함구하라고 말씀하셨다고 해서요. 저도 들은 바가 없습니다."

사모는 그 말에 미소를 머금었다.

"어머, 그렇게까지 큰일은 아니었는데."

"회사 일이니까요. 업무명령인 이상은 따라야 하지 않겠습니까."

어쨌건 형식상의 일이라곤 하나 SJ컴퍼니의 대표인 사모의 말이니까.

사모도 말은 그렇게 했지만, 마동철이 그녀의 말을 따라준 것이 나쁘단 뉘앙스는 아니었다.

"좋아. 그러면 이 엄마가 이야기를 해 줘야겠구나."

그러면서 사모가 말을 이었다.

그건, 여러모로 시대를 앞서간 발상이었다.

사모가 계획한 건 소위 말하는 이른바 브랜드 마케팅이었다.

그것도 이제껏 없던 브랜드 하나를 그럴듯한 것으로 포장해 내는 것으로, 여기엔 방송국의 힘이 필요했다.

"그러니까, 신규 예능 프로그램을 기획 중이시라고요?"

"응, 바로 그거야."

애당초 마동철을 알선한 것도 그것과 관련한 것이었으니, 얼추 짐작은 하고 있었지만.

'설마 이렇게까지 아이디어를 구체화해서 들고 올 줄은 몰

랐는데.'

사모가 방긋 웃었다.

"좀 더 정확히 말하면 우리가 가진 노하우를 통해 식당을 리모델링하는 거지. 들으니 마동철 전무는 인테리어 업체도 대표로 겸하고 있다며?"

"예, 그렇습니다만."

식당 재건을 위주로 하는 리모델링 예능이라.

확실히, 대한민국에선 몇 년가량 시대를 앞서간 기획이었다.

'솔루션 예능이라. 본격적으로 나타나기 시작한 건 IMF 이후 자영업자들이 줄도산을 맞게 된 이후이지만.'

IMF 당시 붐이 일었던 재건 솔루션 예능은 시대의 흐름을 타고 적잖은 사회적 반향을 일으킨바 있었다.

그 흔적은 IMF 이후에도 이어져서, 잊을 만하면 굵직한 솔루션 예능이 하나둘 방송가에 출몰하며 그 자체는 어느 정도 성공이 보장된 기획임을 방증했다.

그러면서 사모는 동시에 이 브랜드가 나름의 유구한 역사를 띠고 있는 양 꾸미려 하고 있었다.

그도 그럴 것이 방송가뿐만 아니라 그에 협력하는 전문가적 인물 홍보, 그에 따른 브랜드 마케팅이라는 반사 이익도 톡톡히 누렸기에 상호 원원인 게임이었다.

'혼자서 잠깐 사이에 그걸 기획했다니, 역시 사모도 범상

한 인물은 아니야.'

사모가 가진 경영자로서 뉴월드백화점의 핏줄은 어디 가질 않았다.

나는 표정을 추스르며 고개를 돌렸다.

"그러면 안동댁 아주머니가 TV에 나온다는 말씀이신가요?"

내 시선을 받은 안동댁은 식겁하며 손을 내저었다.

"어휴, 도련님도 참. 제가 그럴 입장이나 되나요. 큰일 날 말씀을. 저는 이후 따로 볼일이 있어서 사모님을 따라온 거예요."

사모가 커피를 홀짝인 뒤 말을 이었다.

"안동댁 아주머니는 표면에 나서지 않을 거야. 관련해선 따로 섭외를 해 뒀지."

얼굴마담은 따로 있단 의미인가.

"누군가요?"

"음, 엄마가 아는 사람들 요리 선생님이기도 한 사람인데. 지금은 들어도 모를걸?"

대충 한복 좀 차려입고 외견상 경력깨나 있어 보이는 사람일 듯했다.

"믿을 만한 사람인가요?"

"입은 무거워."

사모는 대수롭지 않게 묵직한 답을 내놓으며, 미소를 지었다.

"물론 그 외에 전문가도 섭외하고, 프로그램 자체는 기획 취지에 충실하게 진행할 거야. 결국 방송 일이라는 게 대부분이 대본 아니겠니?"

그건 그렇지.

나는 고개를 끄덕였다.

"그래도 말씀하신 기획은 흥미롭네요."

"그치?"

사모가 어깨를 으쓱였다.

"이왕 할 거라면 크게 움직여야지. 어중간하게 시작하면 안 하느니만 못 할 테니까."

아, 예. 물론이죠.

그 자체는 정론인데.

"그러면 어머니, 준비하신 기획안을 저도 좀 볼 수 있을까요?"

"응? 안 가져왔는데. 필요한 거니?"

……이런 점은 허당이다.

내 표정을 살핀 사모는 대수롭지 않다는 양 말을 이었다.

"아, 마동철 전무가 가지고 있을 거야."

"……불러 볼게요."

마동철은 호출한 지 오래 지나지 않아 우리가 있는 VVIP 전용 응접실로 찾아왔다.

"부르셨습니까, 대표님."

마동철은 칼 같은 자세로 사모에게 인사를 건넨 뒤 들고 온 서류를 내 앞에 내려놓았다.

'평소에도 제법 진지한 마동철이지만, 오늘따라 군기가 바짝 들었네.'

사실, 나나 한성진 남매 앞에선 헤실거려도 사모가 가진 카리스마는 여간한 게 아니었다.

나는 기획 서류를 훑으며 얼른 그 안의 핵심을 속속들이 파악해 냈다.

'기획안 자체는 나쁘지 않군.'

형식미를 잘 갖춘 것으로 보아 사모가 쓴 건 아니고, 아마 마동철이 홀로 묵묵히 써 내려갔겠다, 싶었지만.

사모가 기획한 건 〈신장개업!〉(가제)이라 붙은 프로그램으로, 개선이 필요한 식당에 제보를 받은 뒤 적절한 솔루션과 리뉴얼 작업을 병행하는 무난한 내용이었다.

'무난하단 것도 내 기준점이니, 어떤 면에선 훌륭하다고도 볼 수 있겠어.'

이미 자잘한 협의는 마친 모양으로, 방송 편성은 우리와 줄곧 연이 닿아 있던 CBS 방송국의 일요일 저녁 황금 시간대에 방영하는 〈일요일은 즐거워!〉 코너 속에 내정될 예정.

할당되는 방송 시간은 30분 정도로 다소 짧았다.

여기서 주안점은 방송 제작에 외주를 돌리고자 한단 점이었다.

'흐음, 통통 프로덕션이라.'

내 시선을 받은 마동철은 내 의구점이 무엇인지 단박에 파악해 내고 적절한 답을 내놓았다.

"신장개업을 제작할 외주 업체는 이번에 SJ엔터테인먼트를 주식회사로 전환하면서 지분을 나눠 가진 회사입니다."

나도 관련해서 보고는 들었다.

"그렇다면 이번 프로그램이 통통 프로덕션의 데뷔작이 되겠군요. 부담이 다소 클 듯한데요."

"예. 그래서 우선은 일요일은 즐거워 프로그램 내에 편성해서 추이를 살필 예정입니다."

"반응이 좋다면 별도의 정규 편성도 가능하겠고요."

"예."

그러면서 마동철은 별도의 서류 봉투에 담긴 서류를 꺼내 내게 건넸다.

"이건 외주 제작에 따른 '동철 인테리어'와 '늘손맛 반찬'의 예산 책정 내용입니다."

이런 자질구레한 일은 굳이 마동철이 나서야 할 일은 아니었으나, 철두철미한 마동철은 그 스스로 나서서 내 서명만 남겨 두게끔 일 처리를 해 둔 모양이었다.

'그게 아니라면 아직 임원직이 어색해서 범주를 가늠하기 힘든 것이거나.'

그가 전무로 있는 SJ엔터테인먼트는 현재 상장 심사 기준 미달인 비상장회사이긴 했으나, 이 또한 어디까지나 '시간문제'일 뿐이었다.

투자자들은 그런 SJ엔터테인먼트의 배후에 SJ컴퍼니, 나아가 삼광 그룹이 도사리고 있단 사실을 기가 막히게 알았고, 장외 주식 시장에서 SJ엔터테인먼트는 기대되는 우량주로 평판이 높았다.

'약간 거품이 끼어 있긴 하지만, 한편으론 오히려 저평가되고 있단 분석도 있을 정도니까.'

그러면서 SJ엔터테인먼트가 주주로 있는 통통 프로덕션이 이번에 신규 예능을 편성할 거란 정보가 기사화되면, 주가는 더 오를 것이 분명했고.

실제로 경영고문인 이휘철은 이미 관련해서 레버리지를 걸어 두고 돈을 갈퀴로 긁어모을 준비를 하고 있었다.

「용돈 벌이는 되겠구나.」

그 '용돈'으로 뭘 하시려고?

'어쩌면, 그 수중에 있는 돈은 삼광 그룹 회장 시절보다 더 많은 건 아닐까.'

삼광 회장으로 가지고 있는 돈은 엄밀히 말해 '이휘철 개인 자산'에 책정되지 않는 돈이었으니까.

반면, 이휘철이 '모든 것을 내려놓고' 삼광 그룹 회장직에서 물러난 뒤 챙긴 건, 온전히 그 주머니 속으로 쏙 하고 들어갈 돈이었다.

'욕심 많은 영감탱이.'

그는 어쩌면 내 눈이 닿지 않는 곳에서 별도의 해지펀드를 굴리고 있을 가능성도 농후했다.

'명색이 그 이휘철이니 꼬리가 밟힐 일은 없겠지만.'

나로선 그가 이렇게까지 돈을 긁어모으는 연유를 모르겠다.

'거기에 산이 있으니 산을 오른다'는 말처럼, '거기에 돈이 있으니 돈을 줍는다'는 식이라면 할 말은 없지만.

'리스크를 감수해 가며 모을 정도인가.'

나로선 그 사고방식이며 목적을 알기 어렵다.

어쨌건 마동철이 미리부터 외주로 일을 돌리고 예산을 정리해 둔 상황이어서, 일은 편했다.

'이번 일에는 여러 이해관계가 얽혀 있다 보니 그 편이 훨씬 수월하지.'

방송국의 노하우를 가져오지 못한다는 불안 요소가 다소 있지만, 그 점은 협조를 구해야 할 터.

그래도 관련해선 나보다 마동철이 속사정을 더 잘 꿰고 있을 테니 어련할까 싶다.

'다만, 여기에 더 챙길 것이 있다면.'

나는 서류에서 눈을 뗐다.

"여기에 더해서, 필요하다면 S&S의 협조를 구할 수도 있을 것 같군요."

내 말에 사모가 고개를 갸웃했다.

"S&S라고 하면, 네 당고모님이랑 만든 그 회사 말이지?"

"신화뿐만 아니라 해림식품도 지분을 갖고 있지만, 네, 맞아요."

나는 고개를 끄덕였다.

"S&S에선 신선 식품 유통도 예정하고 있거든요. 괜히 남 좋은 일 시킬 필요 없이 솔루션 과정에서 S&S가 값싸고 좋은 식품을 도매로 취급한단 걸 알리면 좋을 거 같아서요."

나아가 전국 방방곡곡의 자영업자에게 직접 유통하는 방식으로 사업을 확장해 나간다면, 내가 머릿속에 그리고 있는 청사진에도 도움이 될 듯했다.

"게다가 S&S에는 양식 전문가도 있으니까요. 재건 대상 식당의 분야에 따라 맞춤 솔루션을 해 줄 수 있다면 장기적으로도 큰 도움이 될 테고요."

한식뿐만 아니라 양식.

양식 분야라고 하면, 우리에겐 마침 전생엔 미슐랭 스타급 셰프였던 오성환이 있었다.

'그 외의 분야에선…… 정 필요하다면 신화호텔에서 사람을 빼 올 수도 있고.'

내 말을 듣고 생각에 잠겼던 마동철은 이내 고개를 끄덕였다.

"예. 외주 제작이니 그 부분은 융통성을 발휘할 수 있습니다만, 관련한 협의는……."

"그 부분은 걱정하지 마세요. 제가 준비해 드릴 수 있으니까요."

마동철은 고개를 끄덕인 뒤 챙겨 온 메모지에 관련 사안을 끼적였다.

"알겠습니다. 그럼 진행자와 게스트 섭외는 어떻게 할까요? 섭외 후보는 추려 두었습니다만."

그러면서 마동철은 내게 또 한 묶음의 서류를 내밀었는데, 슬쩍 꺼내 보니 내용인 즉 마동철이 정리한 섭외 요망 연예인 리스트였다.

'이 사람은 나중에 성추문 논란으로 폭삭 망할 예정이니 논외고, 이 사람은 키워 볼 만하지만 언제 포텐이 터질지 알 수 없고……'

내가 그 자리에서 적당한 인선을 추려 줄까 하던 때.

"잠깐, 잠깐. 나도 발언할래."

사모가 손을 들었다.

"네, 어머니. 말씀하세요."

"있잖아, 성진아. 그러면 혹시 안형욱도 섭외 가능해?"

사모는 소녀처럼 눈을 반짝이며 나를 보았으나.

"……."

프로그램 말아 먹을 일 있나.

아니, 그야 안형욱이라고 하면 사모 세대에선 영원한 오빠이며 청춘스타라는 건 알고 있지만, 게다가 이렇다 할 스캔들 없이 롱런하는 배우이기도 하지만.

더욱이 생방송으로 송출되는 시상식에서 깔끔하게 사회 보는 모습이 진행도 잘할 것 같긴 했지만.

"예산이 안 됩니다."

"으음. 아쉽다."

방송 일에 사심을 담지 말아 주십쇼.

'그야 세상 부족할 일 없는 사모에겐 이번 일조차 반쯤 소일거리란 감상이겠지만.'

내가 고개를 저으며 사모의 의견을 묵살하려던 찰나.

멈칫했다.

'……아니지, 생각해 보면 이건 달리 말해 또 다른 기회이기도 하잖아?'

이번 일은 마동철에게 전적으로 위임하려는 생각이었지만 이쪽에 섭외 유무를 결정할 의사 결정권이 있다면, 그건 달리 말해서…….

'이쪽에서 발굴도 가능하단 거지.'

그러면서 나는 문득 생각난 것이 있어서, 서류를 봉투에 도로 집어넣었다.

"섭외 관련해선 제게 맡겨 주실 수 있나요?"

"예? 아, 저는 상관없습니다만."

마동철은 내가 그런 자질구레한 일을 도맡아 하겠단 것이 다소 의아한 듯했으나, 가타부타 따져 묻는 일 없이 고개를 끄덕였다.

"감사합니다. 그러면 빠른 시일 내에 보내 드리죠."

내가 서류를 정리하려니, 사모가 멀뚱한 얼굴로 나를 보았다.

"끝이니?"

"네? 아, 예."

"벌써? 회의라고 하면 엄마는 좀 길게 하는 건 줄 알았는데."

회의는 짧고 굵게, 그게 저희 회사 모토여서요.

나는 그렇게 말하는 대신 미소를 지었다.

"사전 기획이 잘되어 있어서요. 어머니 덕분에 빨리 끝났습니다."

"얘도 참, 말하는 거 하곤."

사모는 빙긋 웃으며 핸드백을 챙겼다.

"바쁜데 불러냈구나. 나중에 집에서 보자."

"네."

"안동댁 아주머니, 그럼 저희는 이만 일어나죠."

사모는 고개를 살짝 숙이는 것으로 마동철과도 작별을 고

했고, 사모는 마동철이 나서서 안내하려는 걸 가볍게 막으며 응접실을 나섰다.

마동철과 나, 단둘이 남게 되자 그는 쓴웃음을 지으며 서류를 정리했다.

"솔직히 말씀드리면…… 개인적으론 대박이 날 거 같습니다."

"그래요?"

"예. 잘만 하면 정규 편성도 가능할 것 같더군요."

아마, 그렇겠지.

솔루션 프로그램이란 어느 정도 성공이 보장된, 대중의 수요가 있는 작품이니까.

'그리고 남은 일은…….'

서류를 챙겨 곧장 올라오니, 사장실로 지나는 비서실 겸 로비에서 전예은이 나를 반겼다.

"다녀오셨어요."

그간 전예은이 일 배우는 속도는 놀라울 정도여서, 비서실 장인 윤선희가 침이 마르도록 칭찬해 오던 차였다.

그 덕에 지금 시점에 이르러 윤선희는 어지간한 일은 전예은에게 인수인계를 마친 상황으로, 윤선희는 마음 놓고 그녀의 본래 업무였던 장학재단 일에 매진할 수 있었다.

'그녀가 말했던 의사결정 운운하던 게 아니라 비서로만 쓴 다고 해도 능력 면에선 이미 충분할 지경인데.'

하지만 전예은은 그녀 스스로, 내가 요구한 할당된 비서 업무 외의 요소를 군말 없이 받아들이며 SBY의 프로듀싱 관련해서도 막힘없는 모습을 보이고 있었다.

이미 내 머릿속에서는 그녀가 SBY를 가요 차트 1위로 끌 어올리지 않는다 하더라도 비서로 중용할 생각은 하고 있었 을 정도니.

'그 외의 중임을 맡기는 건 논외로 해야겠지만.'

내가 짧게 고개를 끄덕이자 전예은이 데스크를 돌아 앞으로 나왔다.

"사장님께서 잠시 부재중이실 동안 삼광전자에서 소포가 도착했습니다."

그러면서 전예은은 내게 조그만 박스를 건넸다.

'프로젝트 P의 시제품이 완성된 모양이군.'

이성진의 이모인 서명화가 디자인하고, 내부엔 삼광전자의 노하우와 기술이 집약된 폴더폰.

그 과정에 불필요한 사내 정치며 우여곡절도 많았지만, 어 쨌건 완성은 해낸 모양이었다.

'문제는 그 이후지만.'

나는 그걸 그 자리에서 받아 뜯어 보는 대신 고개를 돌렸다.

이번 일은 아직까지 전예은에게 맡길 만한 일도 아니었고, 그녀에겐 프로듀싱의 연장선에서 따로 시켜 볼 일이 있었다.

그 전에.

"프로젝트 P와 관련한 회의를 실시하겠습니다. TF 측과 스케줄을 잡아 주세요. 약식으로 진행할 예정이니 인원은 많지 않아도 좋고, 회의 또한 사장실에서 진행하겠습니다."

"네, 알겠습니다."

나는 전예은이 빠릿빠릿하게 타이핑을 시작하는 걸 보며 슬쩍 말을 던졌다.

"전예은 씨, 혹시 바빠요?"

전예은은 모니터에서 눈을 떼고 고개를 들어 나를 보았다.

"아뇨, 괜찮습니다. 혹시 따로 분부하실 일이 있으신가요?"

아주 괜찮을 리는 만무하지만, 본인이 그렇다고 하니.

"한가할 때 필기구 챙겨서 사장실로 오세요."

"네. 곧 가겠습니다."

먼저 사장실로 돌아온 나는 의자에 앉아 소포를 뜯었다.

'흐음.'

이번 생에선 세계 최초의 폴더폰이랄 수 있는 프로젝트 P의 결과물.

서명화가 그린 도안은 질리도록 봐 왔던 나였지만, 막상 실체를 갖고 다가온 폴더폰은 나로 하여금 새삼스러운 감회로 빠져들게 했다.

'어디⋯⋯.'

초등학생에 불과한 내 손 안에 착 감겨 오는 크기였지만, 폴더폰은 보기완 달리 제법 묵직한 감이 없잖아 있었다.

'경량 플라스틱 재질로 만들었지만, 그럼에도 아직까진 무게감이 있어.'

서류에 기재된 카탈로그 스펙상의 무게는 100g가량.

스마트폰이 보편화된 내 기준에선 가벼운 편이라고 할 수 있었지만, 크기 면에서 무게가 집약된 까닭인지 손에 든 감촉은 '보기보다 무겁다'는 생각이었다.

'뭐 1kg을 호가하는 1세대 벽돌폰에 비하면야 깃털이겠지만.'

CDMA 기술 상용화가 성공하고 슬슬 모바일 기기의 경쟁이 레드 오션화 될 시점이었다.

이젠 핸드폰도 '가진 자들만의 전유물'을 벗어나 불과 몇 년 뒤엔 중고등학생도 가지고 다닐 만한 물건이 될 터.

'그 첫 무대로 선보일 프로젝트 P라.'

박차를 가해 최대한 빠르게 일정을 잡았음에도 불구하고 모토로라의 스타텍과 전면 대결을 피하기는 어려운 시점에서, 나는 이번 기획이 성공할지 실패할지 모를 갈림길에 서 있었다.

'내수 시장으로만 돌리기엔 아직 시장 자체도 크지 않고…… . 활로를 찾자면 해외로 수출해야겠지.'

나는 이번 생 처음 쥐어 보는 폴더폰 여닫이를 엄지로 튕겨 보았다.

'……아직 엄지 하나로 여닫기엔 조금 묵직하네.'

초등학생의 완력이어서 그런가, 엄지가 조금 저릿했다.

플립 커버 부분에 비치된 조그만 LCD 액정은 입력하는 번호나 확인하는 게 고작일 정도고, 본체 부분에 딸린 배터리는 두껍다.

'아직 갈 길이 멀어.'

그 어떤 뛰어난 제품 아이디어가 있어도, 결국은 해당 시대에서 구현 가능한 기술에 기반을 둘 수밖에 없다.

'이 시대엔 이 정도가 최선의 기술 집약 제품이겠지만.'

딸각딸각, 생각에 잠긴 채 폴더폰을 엄지로 튕겨 여닫고 있으려니.

똑똑, 하고 노크 소리가 들렸다.

"사장님, 들어가도 되겠습니까?"

나는 폴더폰을 안주머니에 집어넣었다.

"들어오세요."

달각 문이 열리고 전예은이 메모지를 들고 사장실로 찾아왔다.

"지시하신 TF와 관련해 통보를 마쳤습니다. 당부하신 대로, 금일 오후 4시에 사장실에서 회의를 진행하게끔 일정을 잡았어요. 회의에는 남경민 책임과 이세라 대리가 참석할 예정입니다."

SJ컴퍼니 내에서 프로젝트 총괄을 맡고 있는 남경민 책임이야 그렇다 치고, 이세라 대리라고 하면…….

'저번에 요한의 집에서 스치듯 만났던, 윤아름의 팬이었나?'

아마 그럴 것이다.

어찌 됐건 간에 퍽 갑작스러운 소집이었음에도 조율을 마친 모양.

내가 그녀에게 기대하는 것과 별개로, 비서로서 전예은은 일류였다.

"수고하셨습니다. 일단 앉으시죠."

"네."

전예은은 얌전히 의자를 끌어와 내 맞은편에 앉았고, 나는 그녀가 자리를 잡자마자 말을 이었다.

"SJ엔터에서 받아 온 일감입니다."

내가 운을 떼자 전예은은 재빨리 볼펜을 놀려 서판 위의 이면지에 메모를 시작했다.

"2분기부터 방송 예정인 프로그램으로, 일단은 '신장개업'이라는 가제를 쓰고 있습니다. 대략적인 방송 취지는…….."

나는 1층에서 듣고 또 내가 기획서를 읽으며 파악한 내용을 간추려 전예은에게 들려준 뒤, 그녀 앞에 로비에서부터 챙겨 온 서류를 내밀었다.

그걸 두고 '내용물이 뭔지 맞혀 보세요' 하고 말해 보고 싶은 장난기가 잠시 일었지만, 관뒀다.

'왠지 농담이 통할 거 같은 사람은 아니니까.'

나는 전예은이 서류가 든 봉투를 물끄러미 보는 걸 의식하며 말을 이었다.

"해당 서류는 해당 프로그램에 섭외했으면 하는 방송인의 리스트입니다만, 확정하기 전에 전예은 씨의 견해를 들어 보고 싶어서요."

내가 이번 일을 마동철에게 맡기거나 재가하는 수준에서 머무르지 않고 굳이 챙겨 온 건, 눈앞의 전예은을 테스트하려는 연유이기도 했다.

"음……. 알겠습니다. 실례가 안 된다면 이 자리에서 확인해 봐도 될까요?"

"물론이죠. 그러려고 부른 거니까요."

전예은은 고개를 꾸벅 숙여 양해를 구한 뒤 봉투 속의 서류를 꺼내 꼼꼼히 살폈다.

이어서 그녀는 리스트를 옆에 두고 새로운 이면지에다 이름 몇 개를 받아 적은 뒤, 고개를 들었다.

"제가 생각한 분들이에요."

그녀가 내민 목록을 받아 든 나는 잠시 리스트를 읽었다.

그녀가 즉석에서 작성한 도표에는 메인 MC와 보조 출연자, 그리고 회차당 컨셉에 맞춘 게스트 목록까지 한 번에 쭉 나열되어 있었다.

'그 짧은 시간에 이 정도로 정리한 것도 제법 놀랍지만, 그보단……'

거기서 나는 개중 보조 MC로 내정되어 있는, 내가 확인했던 리스트에는 없던 인물의 이름을 발견하곤 전예은을 바라보았다.

"보조 MC에 있는 양미리란 이름은 혹시 저번 요한의 집 관련한 한밤의 연예 TV에서 리포터로 나왔던, 그 사람입니까?"

"네, 그렇습니다."

그 자체는 다소 의외였다.

뭐, 그때 보았던 내 인상으론 적당히 나쁘지 않단 느낌이긴 했지만.

그녀는 내가 기억하는 전생에도 이름이 남지 않았던 인물로, 적당한 때에 방송가에서 한직을 맡다가 소리 소문 없이 사라졌던 무수한 사람 중 하나였다.

씁쓸한 이야기이긴 하지만, 방송계란 결국 하나의 제로섬 게임이다.

"혹시 출연료며 제작비를 고려한 인편이라면, 그렇게까지 곤궁하진 않습니다만."

전예은은 차분히 내 말을 받았다.

"저도 따로 개인적인 친분이 있어서 그분을 택한 건 아니에요. 그야 요한의 집에 취재차 오신 걸 보긴 했지만, 대화를 나눠 본 적도 없고요."

그러면서 그녀는 담담한 말씨로 대답을 이어 갔다.

"그저 방송의 취지와 제가 보았던 양미리 씨의 품행을 따져 고려해 보았을 때, 제가 생각할 수 있는 적합한 인편이란 판단이 들었을 뿐입니다."

하긴, 전예은이 실제로 얼굴을 보았던 방송인은 윤아름이나 SBY를 제외하면 그녀가 유일하긴 할 터.

그것만 제외하면 나 같은 문외한이 보기에도 제법 그럴듯한 표를 즉석에서 만들어 냈을 뿐만 아니라.

'용케도 지뢰는 요리조리 피해 갔군.'

우연인지 아닌지, 후일 각종 추문에 휩싸일, 현시점에서는 이럭저럭 잘나가는 방송인을 배제해 두고 있다는 것도 사실이었으니.

나는 미소를 지었다.

"그런데 의외로 SBY는 리스트에 없군요. 저로선 최대한 시청률이 높은 프로그램에 꾸준히 노출시키는 것도 한 가지 방법이라 생각합니다만."

내 은근한 지적에 전예은은 당황하는 일 없이 말을 받았다.

"알고 있습니다. 저도 사장님 말씀에 공감해요. 하지만 저는 효율성 측면에서 SBY는 해당 프로그램과 성격이 맞지 않으리란 판단을 내렸어요."

"효율성?"

"예."

전예은이 고개를 끄덕였다.

"물론 기획하신 프로그램 자체는 사회적으로도 큰 반향을 불러일으키리라 믿어 의심치 않습니다만, 시청률과 인지도, 하물며 해당 요소가 대중에게 각인되는 요소는 별개라고 생각했습니다."

"흐음."

"……."

"아닙니다. 계속해 보세요."

"네. 제가 보기에 기획 중인 신장개업 프로그램의 경우, 단발성 게스트며 MC보단 솔루션 대상이 되는 일반인에게 초점이 맞춰지리라 생각합니다."

내게서 개요만 듣고 프로그램의 본질을 추론해 낸 건가?

내가 표정 관리를 하는 사이 전예은이 말을 이었다.

"제가 양미리 씨를 프로그램의 보조 MC로 선발한 건, 그분이 가진 솔직한 모습과 타인에게 쉽게 공감하는 점, 그리고 맞장구를 치는 과정에서 보이는 리액션이 과하지도 부족하지도 않으리란 판단에서였어요."

"SBY를 게스트 목록에 넣지 않은 건 그것과 관련한 요소입니까?"

"예. SBY의 경우는 아직 예능 프로그램의 출연 경험이 부족한 데다가, 그중 누구 한 명을 짚어 따로 불러내기엔 아직 팬이 분산되어 있으니까요."

'아직'이라.

즉, 아직까진 SBY의 개별 유닛 활동이 시기상조란 말로 해석됐다.

"또, 일반인에게 방송의 초점이 맞춰져야 하는 프로그램의 특성상, 여기서 5인조 아이돌 그룹인 SBY가 출연하게 된다면 화면 구성상으로도 산만해 보이리라 생각했어요."

"거기에 더해, 신장개업은 굳이 SBY의 인지도를 빌려 와 화제성을 낳아 낼 필요까진 없다는 말씀이군요."

전예은이 고개를 끄덕였다.

"네, '효율성' 측면에서요."

그러면서 전예은은 예의 희미한 미소를 입가에 머금었다.

"게다가 SBY의 경우, 방송이 나갈 해당 2분기 시기엔 각자의 스케줄과 조율할 필요가 있거든요."

"……그것도 그렇겠군요."

신장개업은 프로그램 특성상 매 에피소드의 스케줄을 중장기적으로 잡아 두고 진행해야 할 필요가 있었다.

'솔루션 프로그램이라는 특성상 소요에 물리적인 시간이

필수적이지.'

전예은이 말을 이었다.

"다만 SBY의 게스트 출연과 관련해선, 추후 신장개업이 정규 방송에 편성되고 난 뒤, 다시 구성해 보겠습니다."

그 말을 들으며 나는 태연한 척 고개를 끄덕였다.

"알겠습니다. 큰 도움이 됐어요."

"네……."

"말씀하신 바는 서류에 참조 사항으로 기재하도록 하겠습니다. 제 용무는 여기까집니다, 이만 나가 보셔도 좋습니다."

"아, 저, 사장님. 서류는 제가 작성하겠습니다."

"아뇨, 그 정도는 제가 하겠습니다. 마침 회의 전까지 시간이 비어서요."

"……예."

전예은은 꾸벅 고개를 숙인 뒤 들고 온 메모지를 챙겨 사장실을 나섰다.

그녀가 나가고 난 뒤.

"……이거 참."

나는 혼잣말과 함께, 나도 모르게 픽 웃음이 새어 나오는 걸 느꼈다.

'근시안적이리라 생각했더니, 지금 보면 꼭 그렇지만도 않단 말이지. 머릿속에 대체 무슨 사고 회로를 갖고 있는지 궁금할 지경이야.'

그러면서, 나는 마동철에게 줄 서류에 전예은이 작성한 인편을 정리해서 적어 넣었다.

4장

제 시간에 맞춰 남경민 책임과 이세라 대리가 사장실로 찾아왔다.

"삼광전자 유선사업부의 이세라 대리입니다."

"예, 요한의 집에서 뵈었죠. 기억하고 있습니다. 윤아름 씨의 사인은 받으셨습니까?"

"네, 물론이죠."

이세라는 생글생글 웃는 얼굴로 내 말을 받았고, 그 곁에서 무뚝뚝한 얼굴을 하고 있던 남경민이 끼어들었다.

"사장님, 프로젝트 P의 완성품이 나왔다고 들었습니다."

표정만 무뚝뚝했달 뿐, 보안상 이슈도 있고 해서 그간 기계회로장치로만 폴더폰을 접해 왔던 그는 내심 몸이 바짝 달

아올라 있는 것처럼 보였다.

아무래도 디자인 위주로 제작된 첫 제품이다 보니, 그로서도 완성품이 궁금했던 모양.

"예. 일단 자리에 앉으시죠."

남경민 일행이 사장실에 비치된 응접용 테이블에 앉는 사이, 나는 충전을 마쳐 둔 폴더폰을 들고 상석에 앉으며, 이들이 앉은 탁자 앞에 핸드폰을 내려놓았다.

이번 생에선 세계 최초의 폴더형 핸드폰.

유체역학적으로 디자인된 동그스름한 회색 물체는 입을 앙다문 조개처럼도 보였으나, 끄트머리에 비죽 솟은 안테나의 존재는 이 플라스틱 덩어리가 단순한 장식품이 아님을 주장하는 미약한 근거로 남아 있었다.

남경민과 이세라는 입을 꾹 다문 채 한동안 폴더폰을 들여다보기만 했다.

그러던 남경민이 툭하고 운을 뗐다.

"막상 보고 나니 조금 낯설군요. 핸드폰이라는 생각은 들지 않습니다."

남경민의 감상에 이세라가 맞장구를 쳤다.

"네, 마치 무슨 SF 영화에 나오는 물건처럼 보여요."

현생 인류의 감상을 뒤로하고 나는 뚜껑을 열어 이들이 내부 기판을 볼 수 있게끔 해 주었다.

"이렇게 열어 두면 핸드폰처럼 보이기도 하죠?"

남경민이 고개를 끄덕였다.

"만져 봐도 되겠습니까?"

"물론이죠."

한 손으로 핸드폰을 집어 올린 남경민은 왼손으로 뚜껑을 여닫았다가, 그다음은 한 손으로 뚜껑을 여닫아 보았다.

"확실히, 이전까진 없던 외형입니다. 또 이 제품은 심미적인 측면뿐만이 아니라 기능적으로도 우수하군요. 기존 핸드폰에 비해 휴대 시 가용 면적이 절반 가까이 줄어들었습니다."

이세라가 양손을 내밀자 남경민은 탁, 하고 뚜껑을 덮으며 핸드폰을 건넸고, 이세라는 눈을 반짝이며 핸드폰을 만지작거렸다.

"정말이에요. 이 정도 사이즈면 남자들 양복 안주머니에도 쏙 들어가겠어요. 여자들 기준으로 치면 파우치 정도 크기니까 핸드백 안에도 무리 없이 들어갈 수 있겠어요."

그러면서 이세라는 핸드폰을 손에 든 채 팔을 위아래로 천천히 흔들었다.

"음, 아무래도 제 기준상 조금 무겁단 느낌은 있지만요."

그 부분은 나도 동의하는 바로, 현재 폴더폰의 무게는 시대를 앞서간 탓에 감내해야 할 리스크로 여겼다.

이세라가 말을 이었다.

"그래도 무게 배분이 하단부에 실려 있어서 안정감은 있어요. 확실한 건, 이 제품이 앞으로 있을 모바일 시장 판도에 어떤 식으로든 영향과 파급력을 미치리란 점이죠. 디자인이라는 것도 쉽게 볼 일이 아니네요."

이세라는 그렇게 중얼거리며 핸드폰을 얌전히 탁자 위에 내려놓았다.

"으음, 어쩌면 머지않은 미래엔 가정용 전화기가 사라지게 되진 않을까 하는 생각도 드는걸요. 제가 속해 있는 유선 사업부 입장에선 스스로 무덤을 파는 게 아닐까 싶기도 하고."

"가정용 유선전화기에도 동일 디자인을 적용하면 되지 않겠습니까?"

남경민의 별생각 없이 뱉은 말에 이세라는 눈을 흘겼다.

"가정용 전화기엔 휴대성이 그렇게까지 강조되는 이슈가 아니거든요. 그야 가정용 무선전화기도 나온 마당이긴 하지만, 이렇게 조그맣게 나오게 되면 리모컨과 더불어 찾아내기 힘든 전자 제품 목록에 당당히 그 이름을 걸게 되겠죠."

"그런 이슈도 있습니까?"

"책임님의 황량하기 그지없는 댁에선 공감하기 힘드신 모양이네요."

호오. 벌써부터 서로의 집을 들락거리는 그런 사이인가.

내가 물끄러미 그들을 지켜보고 있으려니, 이세라가 황급히 손을 저었다.

"아, 그게 아니라, 지나가다 들렀어요. 커피만 대접받은 것뿐이에요."

누가 뭐라고 했나?

남경민도 고개를 끄덕였다.

"예. 몇 주 전 주말에 지나가다 들렀다고 저희 집까지 찾아오셨죠."

남경민은 담담하게 대답했고, 이세라는 그런 남경민을 흘겨보았다.

"네네, 맞아요. 지나가다 들렀다니까요."

"예. 제가 말씀드리지 않았습니까?"

남경민은 무슨 의미로 이런 이야기를 이어 가느냐는 듯 떨떠름해했다.

'이거 참, 보는 그대로 벽창호구만.'

부하 직원들 간의 남녀상열지사에 관여할 생각은 없지만, 이대론 제법 험난해 보였다.

뭐, 내 알 바는 아니고.

이세라가 주말에 지나가다 들렀건, 다른 꿍꿍이가 있었건 간에 나는 초등학생이라는 신분이 가져다준 순진무구한 모습으로 그들 사이에 끼어들었다.

"계속해도 될까요?"

"아, 죄송합니다."

귀가 빨개진 이세라가 꾸벅 고개를 숙였다.

외향에 따른 첫인상은 이 정도 수준에서 그쳐 두기로 하고.

　나는 남경민과 이세라를 보며 입을 뗐다.

　"그럼, 이제 전원을 넣어 보겠습니다."

　둘은 동시에 고개를 끄덕이며 내 손아귀를 물끄러미 지켜
보았고.

　나는 기판 위의 'END' 버튼을 꾹 눌러 전원을 넣었다.

　"……."

　"……."

　"……."

　부팅 과정이 생각보다 오래 걸렸다.

　어쨌건 까마득한 시간이 지난 뒤 흑색 도트가 찍힌 화면이
그 모습을 드러냈다.

　초록색 LCD 화면 위로 흑색 도트를 찍어 넣은 삼광전자
로고가 떠오르고.

　그 위로 떠올랐던 삼광전자 로고가 사르르 사라졌다.

　'정식 출시 이후엔 여기에 각 통신사 로고가 끼어들겠지.'

　뭐, 로고 제작은 그쪽에서 알아서들 할 일이지만 삼광전자
의 부드러운 애니메이션 효과와 비교당하지 않으려면 머리
좀 아플 거다.

　'통신사 갑질은 이렇게 견제해 나가는 거지. 음.'

　심술이 아니다.

　이윽고 나타난 바탕화면.

"흐음."

"와."

조그만 직사각형 화면일 뿐이지만, 이 시대의 핸드폰엔 아직 '디스플레이 구현'에 관련한 수요가 부족했다.

디스플레이의 중요성이 부각되기 시작한 건 '문자메시지 서비스'가 본격적으로 시작된 이후로, 이 시기엔 아직 대중들 사이에 그 수요, 아니 존재 자체도 인지되지 않은 시점.

'개인적으론 좀 더 큼지막한 화면을 박아 넣고 싶었지만.'

아서라, 선택과 집중이라 하지 않았던가.

지금으로선 '이전엔 없던 디자인적 편의성'이라는 캐치프레이즈만으로도 차고 넘칠 지경이다.

그것만으로도 이미 시대를 앞서갔단 평가를 받았던 폴더폰이고, 여기서 고집을 피웠다간 시대적 기술 여건상 이보다 더 무겁고 더 큼지막한 물건이 나올 수밖에 없는 것이 현실이었다.

'그나마 도트 노가다를 이용한 눈속임용 애니메이션 부팅 화면을 넣은 것만으로도 감지덕지지.'

이걸 두고 '바탕화면'이라고 부를 수 있는지는 잘 모르겠지만, 어쨌건 바탕화면이라고밖에 부를 수 없는 것이 나타났다.

디스플레이 좌측 상단엔 안테나 표시, 우측 상단엔 잔여 배터리를 알리는 정보 화면이 있었다.

그리고 놀랍게도, 가운데엔 현재 시간과 날짜를 알려 주는 편의성이! 우와, 놀라워라! 이것이 21세기적 감성!

"⋯⋯."

뭐, 이 정도가 최선이겠지. 응. 시대를 감안해야 하지 않겠어. 괜한 심술은 관두자.

어쨌건 내 떨떠름한 반응과는 무관하게 남경민과 이세라의 반응은 사뭇 열광적이었다.

"구현 화면으로 보던 것과 실기기에 적용된 건 느낌이 다른걸요."

이세라의 감상에 남경민이 맞장구를 쳤다.

"소소한 디테일이지만, 이런 게 디자인의 힘이란 거겠죠. 심미성과 기능성 양측을 병립했다고도 볼 수 있겠습니다."

아부가 아니라 순수한 감탄 중이겠지만, 나로서는 속이 느끼했다.

"아무튼."

나는 태연하게 입을 뗐다.

"남경민 책임님, 이 기기로 통화는 가능합니까?"

"예. 실험을 위해 연구소 네트워크망에 임시로 등록해 두었다고 들었습니다."

"그럼 실사용을 해 보죠."

나는 제품 포장에 동봉된 전화번호를 보면서 엄지로 키패드를 꾹꾹 누른 뒤, 초록색 'SEND' 버튼을 눌렀다.

신호음이 가고.

−예, 삼광전자 이태석 사장입니다.

"아버지, 이성진입니다."

수화기 너머 이태석은 잠시 아무 말이 없더니 내 말을 받았다.

−프로젝트 P의 실험 과정인가 보구나.

용케도 아셨네. 천리안이신가.

아니지, 이태석도 아마 폴더폰으로 내 전화를 받았을 터.

동봉되어 있던 낯선 번호는 이태석이 가진 실험 기기임에 분명했다.

"예, 그렇습니다."

−이쯤 해서 전화가 걸려 올 줄 알았지. 그래, 수신 감도는 어떠냐.

"기분 탓인지는 모르겠지만 기존 자사 제품보다 깨끗하게 들리는 듯합니다."

−기분 탓만은 아닐 게다. 거기엔 최신 CDMA 칩셋이 내장되어 있으니까. 그래, 사용감은?

"나쁘지 않군요."

−하하, 너다운 대답이구나.

나와는 달리 이태석은 여기 있는 이세라와 남경민만큼 기분이 상기된 듯했다.

'하긴, 임원진의 견제를 받아 가며 우여곡절 끝에 만들어 낸 물건이니까.'

권인수를 필두로 한 부회장 파벌은 프로젝트 P에 회의적이었다.

'그건 그들이 무능해서가 아니라, 관련한 사내 정치 역학이 작용한 거야.'

그들로서는 당초 버림패, 별다른 성과가 나오질 않던 멀티미디어 사업부를 향한 이휘철의 구조 조정 정도로만 생각했던 SJ컴퍼니가 이렇듯 지금처럼 초대박을 이어 가는 것이 께름칙했을 터.

그러면서 과정상 기존의 입김깨나 거세던 '상위 부서'와 상호 관계까지 역행해 가며 프로젝트 P를 진행한 것에 뱃속은 적잖이 쓰라렸을 것이다.

'결국 자리 보전의 명목 탓에 시야가 좁아질 수밖에 없었던 것이고.'

그런 와중 이휘철이 쓰러지고 그가 회장직을 은퇴한 건, 이태석 입장에서는 결과적으로 전화위복이었다.

이태석은 '그 휘하'에 있는 SJ컴퍼니라는 조커를 이용해서 MP3, 윈도우 95 국내 독점이라는 수로 권인수 일파에게 카운터를 한 방 먹였으며, 지금은 '생각 이상으로 잘 뽑혀 나온' 프로젝트 P의 결과물로 결정타까지 먹여 뒀으니.

이제 와서 이태석의 경영자적 평가에 이의를 제의할 사람은 남아 있지 않다고 보아도 무방할 지경이었다.

'즉, 이태석으로선 걸출한 수익 사업을 빚어냈을 뿐만 아

니라 사내 정치 구조에도 균열을 가했단 거지.'

아마, 오늘을 기점으로 삼광전자 내 대규모 자리 이동이 있으리라는 정도는 삼광전자에 몸담은 누구나 동의할 것이다.

'원래 역사에선 IMF를 구실 삼아 대규모 구조 조정과 숙청에 나섰지만, 사실 당시만 하더라도 삼광 그룹 전체가 존폐 위기였으니.'

이태석이 말을 이었다.

ㅡ그러면 추후 일정과 관련해선 따로 이야기를 하자꾸나.

"예, 알겠습니다."

ㅡ그래. 이만 끊겠다. 다음 '실험'을 기다리고 있으마.

뚝.

이태석과 통화를 마치고, 나는 보란 듯 전화기를 툭하고 닫았다.

"통화 품질에는 문제가 없군요."

남경민과 이세라는 첫 실험용 통화 대상이 '내 아버지'라는 사실에 어색한 웃음을 지었다.

그건 내가 효자여서 그랬단 의미가 아니라는 게 소소한 아이러니지만.

이어서.

"그럼 다음은 '문자메시지'를 실험해 보도록 하죠."

나는 빙긋 웃으며 다시금 엄지로 뚜껑을 열어 보인 뒤, 이들에게 '천지인' 기판을 보여 주었다.

문자메시지 서비스.

업계에서 글로벌하게 쓰이는 공식적인 언어론 '단문 메시지 서비스(SMS : Short Message Service)'라 불리는 것으로, 세계 최초의 문자메시지는 1992년에 작성된 'Merry Christmas'라고 알려져 있다.

국내에선 1996년, CDMA 방식의 핸드폰을 통해 서비스가 시작되었다고 하지만, 당시만 하더라도 핸드폰을 사용하는 인구 자체가 한정적이었던 데다가 '영문'만을 지원했기에 본격적인 시작은 그보다 몇 해 뒤, 핸드폰이 대중적으로 보급되기 시작한 2000년대 이후라고 보는 사람들도 많다.

'그즈음엔 향후 차세대 이동통신 기기의 미래를 두고 PCS냐, 셀룰러폰이냐, 시티폰이냐를 두고 오가는 말이 많았지.'

이 중 삐삐의 상위 호환 개념에서 그쳤던 시티폰의 몰락은 차치하더라도, 당시 국내에서 나돌았던 PCS냐 셀룰러폰이냐 하는 논의 자체는 사실상 이동통신사의 마케팅 전용 용어에 다름없었다.

둘의 차이를 두고서 주파수 차이 운운하며 'PCS는 도시에서 강하고 셀룰러폰은 산골이나 험지에서 강하다'는 식의 구분을 지어 두는 방식이었는데, 둘은 탑재된 통신 칩셋이 무엇이냐에 따라, 또 각 이동통신사가 확보한 주파수 대역이 무엇이냐에 따라 소소한 차이가 갈려 있을 뿐이었다.

'막상 우리처럼 핸드폰을 제조해야 하는 회사 입장에선 어쨌건 각 통신사에 맞춰 별도의 모델을 만들어야 한다는 번거로움이 있지만.'

그보다 먼 훗날엔 011, 017, 016, 018, 019 등등 난립해 있던 각 통신사별 식별 번호를 010으로 통합하면서 그 브랜드 마케팅의 허상이 드러났고, 각 번호를 브랜드 네임이며 이미지화하던 이동통신사들은 퍽 곤혹스러운 기색을 내비쳤다.

실제 대중들 인식으로도 최초의 이동통신 서비스인 011은 서비스 시작 당시의 가입비 등이 만만치 않아 당시엔 '돈 많은 아저씨'들의 전유물인 양 여겨졌을 정도이니.

이러한 각 식별 번호에 따른 이동통신사의 고객 유치 경쟁은 대중에게도 먹혀들어서, 접두에 어떤 01× 식별 번호를 쓰느냐에 따라 그 사람의 가치관이며 생활 환경을 가늠하는 지표로 이용되기도 했다.

'그러니 각 통신사별로 기기를 마련해야 하는 기업 입장에선 어느 한 가지 고정 모델을 밀어붙이기 어려운 환경이었지.'

이익 극대화를 위해 소품종 대량생산이 아닌, 다품종 소량생산이 주도되던 시기.

하지만 어떻게 보면 그 덕분일까.

내가 살았던 전생의 근 미래엔 모바일 시장이 고도 기술 집적화인 스마트폰으로 압축되면서 국내엔 삼광과 금일 정도만 남았지만, 지금 보면 '이 회사가 핸드폰도 만들었나?' 싶을 대기업들도 모바일 시장에 뛰어들었던 시기였다.

당시 모바일 사업에 뛰어들었던 숱한 기업들로 인해, 또 수요가 기술을 촉진시킨다는 말처럼 그 당시 급성장하기 시작한 기반 기술 및 제조 기술의 발전으로 인해 2000년대 초반의 2G폰 시장은 각양각색의 실험적인 핸드폰 디자인이 꽃을 피웠다.

그중 2G폰 황금기의 상징이랄 수 있는 '문자메시지'는 향후 3G로 넘어와 인터넷 메시지 서비스가 그 자리를 밀어내기 전까진 각 이동통신사의 황금 알을 낳는 거위이자 쏠쏠한 캐시카우로 자리매김했다.

그러나 그것도 어디까지나 올해 1996년에서 몇 년 뒤의 이야기로, 현시점에서는 그 존재며 가치를 상상하기도 힘든 것도 사실이었다.

남경민 책임은 폴더폰 하단부 키패드에 각인된 천지인 기판을 물끄러미 들여다보았다.

"말씀하신 대로 한컴 측의 협조를 받아 기기의 한글 입출력 기능 구현은 해 두었습니다만."

남경민이 고개를 들었다.

"저로선 여기에 어떤 효용성이 있을지 가늠하기 어렵더군요. 제가 해당 분야의 전문가는 아니지만, TF에서 말하길 현재 모바일 기기의 주 이용층은 국민 평균 소득 이상의 자산을 가진 3040 남성이라고 들었습니다."

남경민의 말마따나 이때만 하더라도 핸드폰이란 소수의 전유물이었고, 주 이용층은 어디까지나 '돈깨나 있는 사람'들이었다.

앞서 011 번호가 대중들 사이에 '돈 많은 아저씨'를 상징하는 전유물처럼 각인된 것도, '소수만이 이용하던' 서비스 초창기부터 등록한 번호 사용자의 이미지가 그대로 이어져 내려오며 생겨났단 정황과 아주 무관하진 않았다.

권인수 일파가 프로젝트 P에 부정적으로 나오며 내세웠던 근거 역시도 '이런 장난감처럼 생긴 게 소비자에게 먹힐 리 없다'는 것으로, 거기에는 사내 정치 역학을 넘어선 나름의 합리성마저 담겨 있었다.

'그 등쌀에 결국 프로젝트 P는 해외 수출 위주로 제조될 예정이지만.'

남경민이 말을 이었다.

"하지만 내부에서도 저보다 윗대에 계신 3040 연령대 개발자분들은 입력 기판이 너무 복잡하단 말을 언급하기도 했습니다."

그러면서 남경민은 물끄러미 천지인 기판을 보다가 고개를 저었다.

"물론 입력란이 한정된 기판 위로 한글 자모음을 모두 구현한 '천지인' 자체는 무척 혁신적입니다만, 내부 의견 중에는 그 조그맣고 협소한 공간에 숫자나 알파벳을 조금 더 크게 프린팅하는 게 어떠냐 이야기도 있었을 정도이니까요."

하긴, 손바닥 위에 들어올 크기의 핸드폰에 박힌 손톱만 한 기판 위로 숫자, 알파벳, 한글 세 가지가 모두 기입되어 있다 보니 조금만 연령대가 높아져도 돋보기안경을 끼고 들여다보아야 할 지경이었다.

실제로 이휘철은.

「이거 참, 내 눈에는 보이지도 않는구나. 에잉, 쯔쯔.」

이렇게 말하며 혀를 찰 정도였으니까.
하지만 그러면서도 그는.

「그래도 몇 년만 지나면, 일이 제법 재밌게 흘러가겠군.」

껄껄 웃으며 이제는 새삼 놀랍지도 않은 통찰력을 발휘했다.
실제로, 문자메시지는 과장을 조금 보태, 근 미래에 있을 각종 SNS의 시발점이자 태동의 기반을 닦은 서비스라고 할 수 있었다.

'지금이라도 그 환경을 조성하고 익숙해져야 해.'
오히려 나로서도 지금 시점에서 기술적 구현, 더욱이 시장 환경이 여의치 않았던 탓에 이보다 한발 더 나아갈 수 없었다.

'애당초 나는 여덟 줄 정도의 문자메시지가 송출될 화면 크기를 바랐지만.'

거기까지 진행하면 현시점에선 지나치게 시대를 앞서가는 꼴이 될 터인 데다 핸드폰이 이보다 더 크고 무거워질 것이 뻔하다는 서명화의 충고를 받아들여야 했다.

'다만 그게 개선되는 것도 머지않은 미래의 이야기지.'

나는 빙긋 웃으며 남경민의 말을 받았다.

"그보다 더 미래를 보세요."

내가 운을 떼자 남경민과 이세라는 나를 물끄러미 바라보았다.

나는 그런 둘의 시선을 의식하며 태연하게 말을 이었다.

"머지않은 미래엔 전 국민이 손에 하나씩 핸드폰을 쥐고 다니게 될 겁니다. 그 고객층에는 3040뿐만 아니라 1020까지 포함되겠죠."

"……."

"그때가 오면 시간과 장소에 제약을 받는 음성 통화가 아닌, 오히려 시공간의 입장에 보다 자유로이 소통할 수 있는 문자메시지 서비스가 주류로 부상하게 될 겁니다. 저희만 하더라도 이미 대부분의 업무를 이메일을 통해 진행하고 있지 않나요?"

내 말에 둘은 다소 아연한 얼굴로 서로를 쳐다보았고, 이세라가 어색한 웃음을 띠며 슬며시 끼어들었다.

"사장님 말씀대로 되려면 우리 국민들이 돈을 아주 잘 벌어야 할 텐데요."

이세라의 말은 내 발언이 '이상론'이지 않냐는 암시를 담고 있었지만.

그 말이 아주 틀린 건 아니었다.

실제로 스마트폰이 거의 반쯤은 생활필수품이 되다시피 한 시대에도, 그 가격은 결코 만만치 않았으니까.

그야 무료폰이니 뭐니 하는 것도 있긴 하지만, 솔직히 말해 그것도 결국 다른 곳에서 해당 기기의 비용을 환수하는 시스템에 다름아니고.

'하지만.'

나는 이세라의 말에 미소를 지어 보였다.

"사람들이 생활필수품에 돈을 아끼겠습니까?"

내가 능청스레 받아치니 이세라는 곤혹스러워하는 얼굴로 남경민을 바라보았다.

나는 천천히 말을 이었다.

"냉장고, 세탁기, 텔레비전. 어느 가정에나 있는 이 제품들은 불과 몇십 년 전만 하더라도 부유층의 산물이자 사람들이 십시일반 돈을 모아 마련하던 고급 제품이었습니다."

사장의 권위를 내세운 탓인지는 모르나, 두 사람은 초등학생에 불과한 내 말에 경청하는 자세를 보였다.

"이 세 가지 가전제품은 지금도 결코 저렴하다고 할 수 없음에도 불구하고, 어느새 생활필수품으로 자리 잡아 각 가정에 널리 보급되었죠."

나는 의도적으로 아차, 하며 이세라를 바라보았다.

"아, 거기엔 이세라 대리님의 유선사업부가 담당하고 있는 전화기도 빼놓을 수 없겠군요. 학교에서 배우기론 옛날엔 각 마을마다 한 대씩 전화기를 놔두고서 '아무개 씨, 전화받아요!' 하고 동네방네 축음기 방송까지 했다죠?"

이세라는 쓴웃음을 지었다.

"네, 그런 시절도 있었죠. 저도 듣기만 했을 뿐이지만요."

나는 빙긋 웃으며 고개를 끄덕였다.

"지금은 그 자리에 컴퓨터가 들어오고 있습니다. 멀티미디어 사업부가 설립된 당시만 하더라도 퍼스널 컴퓨터 시장은 낙관적으로 볼 수만은 없던 환경이었습니다만……."

의도적으로 말끝을 흐리며 뜸을 들이자, 남경민은 내 말에 동의하듯 그 얼마 되지 않은 옛 시절을 떠올리며 고개를 주억거렸다.

그 틈을 비집으며 나는 말을 이었다.

"오늘날, 이 시점에 이르러 퍼스널 컴퓨터는 우리 SJ컴퍼니를 대표하는 제품이자 그 보급률이 매해 수십 퍼센트를 갱신하는 기기로 발돋움하고 있습니다. 여기엔 각 가정에 보급되는 것뿐만 아니라 각종 관공서에도 해당하는 이야기죠."

나는 고개를 돌려 슬쩍, 내 책상 위에 놓인 컴퓨터를 쳐다보았다.

"현재 각종 업무가 아날로그적인 수기를 지나 컴퓨터로 옮겨 가고 있습니다. 이런 현상이 가속화되고 보편화될 거란 건 여기 계신 이세라 대리님이며 남경민 책임님도 동의하실 겁니다."

둘은 내 말을 들으며 무심결에 고개를 끄덕였다.

나는 그런 둘의 태도 변화를 내색하지 않으며 말을 이어 갔다.

"더 나아가 머지않은 미래에 모든 작업이 컴퓨터를 통해 이루어지는 환경이 오게 된다면, 컴퓨터란 더 이상 '학습용 기기'가 아닌 생활필수품으로 자리 잡게 될 겁니다."

아직도 자사 컴퓨터의 마케팅 포인트를 '학습용 기기' 정도로 잡고 있긴 하지만 그것도 곧 변경될 캐치프레이즈다.

"몇 년만 지나면 컴퓨터가 없던 시절은 상상하기 힘들 정도가 되겠죠. 그땐 이미 컴퓨터가 생활의 일부가 되어 어떤 방식으로든 삶 속에 스며 있을 테니까요. 우리가 지금 전화기, 냉장고, 세탁기, TV가 없던 시절로 돌아가고 싶어 하지도, 이제 와선 그 없던 시절이 어땠는지 돌이켜 보기조차 힘든 것처럼 말입니다."

거기서 의도적으로 말을 끊으니, 남경민이 차분한 어조로 입을 뗐다.

"그러면 사장님께선 모바일 기기가 사람들 사이에 생활필수품으로 자리 잡을 거란 말씀이십니까?"

나는 고개를 끄덕였다.

"예, 물론입니다."

"……."

"어느 제품이 생활필수품으로 자리 잡기 위해선 사람이 가진 욕망과 맞닥뜨려야 하죠. 그리고 모바일 기기는 그런, 사람이 가진 욕망의 해소점이기도 합니다."

나는 내 얼굴에 어린 웃음기를 거두며 말을 이었다.

"왜냐하면 사람들에겐 소통의 욕망이 있기 때문입니다."

욕망.

나는 이들에게 '소통의 욕망' 운운하고 말했지만, 그렇다고 서구권 철학자들의 이름을 들먹일 만큼 거창한 이야기도, 메슬로우의 욕망 이론을 들먹일 만한 것도 아니었다.

'사람은 사람들 사이의 연결과 그 매개를 필요로 하지.'

거기에 감정적이거나 감성적인 이야기가 끼어들 여지는 없다.

요는 어디까지나 핸드폰이 '통신의 매개'라는 것.

개념은 통신과 소통이라는 언어적 부분 관계에서 출발해 차츰 의미를 확장해 나간다.

그래서 나는 이 표면적인 거창함이 그 안에 잠재한 본질을 덮어 버리지 않게끔 대수롭지 않은 양 말을 이었다.

"그건 달리 말해 서로가 이어져 있다는 걸 끊임없이 확인하고 싶어 한다는 겁니다."

내 말을 들으며 두 사람은 짧은 생각에 잠겼고, 나는 그런 그들을 앞에 두고 핸드폰을 내려놓았다.

"'사람은 혼자 살 수 없다'는 말이 있죠. 사람들은 어떻게든 타인과의 접점을 갈구하곤 합니다. 거기엔 상호 간의 이득이 목적일 수도, 정서적 안정을 찾기 위해서일 수도 있습니다만, 소통이라는 본질은 결국 타인과 자신, 타인과 타인 간의 연결점을 만드는 것이죠."

우리는 가만히 탁자 위의 핸드폰을 바라보았다.

"그리고 그 과정은 '보다 편리한 방향'을 추구하게끔 발전하고 있고요. 가정용 전화기가 무선 전화기로 발전한 것도 그러한 수요에 맞춘 현상이라 할 수 있겠습니다."

유선사업부 소속인 이세라 대리는 내 말에 동조하듯 조그맣게 고개를 끄덕였다.

그 모습을 보며 나는 입가를 슬쩍 비틀어 올렸다.

"그러한 수요는 집 안을 벗어난 바깥에서까지 이어지죠. 시내 어디에나 있는 공중전화 박스와 삐삐를 들고 줄을 선 사람들을 떠올려 보면, 많은 사람들이 해소하고자 하는 그다음 지점이 어디인지는 어렵지 않게 짐작할 수 있습니다."

기술 발전의 제1 요인은 번거로움을 회피하고자 하는 것이라고, 나는 생각했다.

"그 과정에 나온 것이 핸드폰입니다. 달리 생각해 보면, 핸드폰의 등장 자체는 자연스럽습니다. 사람들은 예전부터 시공간을 초월한 소통을 추구해 왔으니까요. 파발, 전서구, 봉화, 모스부호, 무전기, 그리고 지금 우리 앞에 놓인 이 핸드폰에 이르기까지."

나는 잠시 뜸을 들였다가 두 사람을 가만히 쳐다보았다.

"다만, 이 시점에서 핸드폰의 등장은 어디까지나 지금껏 있어 온 불편함을 해소하려는 차원의 발전 과정일 뿐입니다. 여기서 생각해 볼 수 있는 핸드폰의 한계는 무엇일까요?"

남경민 책임은 나직이 내 말을 받았다.

"당사자 간의 '시간적 합의'입니까?"

나는 고개를 끄덕였다.

전화를 걸고, 받는다는 행위는 어느 한쪽이 수락하지 않으면 이루어지지 않는, 이른바 양측의 합의하에 이루어지는 것으로 상호 간의 공간은 초월할지언정 이 또한 서로의 시간이 맞아떨어져야 가능한 이야기다.

쉽게 말해서, A가 전화를 걸어도 B가 전화를 받을 수 없는 상황이거나 이를 바라지 않으면 둘 사이의 소통은 이루어지지 않는다.

그것만으로도 핸드폰은 소통의 욕망을 해소하고 있으나, 우리는 '음성'으로만 소통의 한계를 규정짓지 않는다.

하지만.

"문자메시지는 그다음 단계에 있습니다."

언어는 휘발하지만 문자는 남는다.

"소통이라 함은 자신이 생각하는 바를 상대가 이해해 주길 바라는 행위입니다. 우리는 옛날부터, 그러니까 진화론적으로 말하면 '언어'라는 것이 발명되기 전부터 서로 간에 신호를 주고받았습니다. 몸짓, 발짓을 통한 수신호가 언어로, 그리고 나아가 문자의 발명으로 이어졌지요."

그뿐만 아니라.

"문자는 음성언어의 보완과 한계를 넘어 그 자체로 문명에 새로운 패러다임을 제시했습니다. 문자는 외적 개입이 없는 한, 영구히 남고 보존된다는 특성이 있으니까요. 우리는 문자를 통해 구술, 전설의 시대를 지나 기록하고 보존되는 지식의 세계로 나아갔습니다."

나는 웃는 얼굴로 덧붙였다.

"그리고 이러한 '문자를 남겨 두는 것' 자체는 이미 현존하고 있습니다."

그러면서 나는 주머니에 든 것을 꺼내 이들 앞에 내려놓았다.

삐삐.

정식 명칭은 '무선호출기'이지만, '삐삐'거리고 울리는 의성어가 거의 일반 명사화되어 쓰이는 통신 장치였다.

90년대를 상징하는 이 기기의 개념상 원리는 단순하다.

전화기를 통해 상대방의 삐삐 번호를 입력한 뒤, 발신자의 번호를 남겨 두면 삐삐 이용자가 번호를 확인한 뒤, 공중전화 박스를 찾아가 발신 번호로 전화를 거는 것.

비록 단방향 위주에 '핸드폰'이 비싸고 보급이 제대로 이루어지지 않은 시절의 과도기에 나타났지만, 대중가요 가사에도 언급될 만큼 짧은 시절을 풍미한 통신기기였다.

그만큼 삐삐는 이 시기에는 아직 현역일 뿐만 아니라, 이미 그 사용 방식에 변화가 이루어져 숫자를 통한 '메시지'가 의사표현 방식으로 남아 어느 정도 보편성을 획하고 있었다.

사람들은 이 '번호를 남기는' 방식을 응용해 숫자로 이루어진 은어적 의사를 전달했는데, 그건 8282(빨리빨리)라는 유추에 단순한 것에서부터 1177155400(I Miss You)처럼 디지털 상형문자를 해독해야 하는 지경까지 이르게 되었다.

'나보다 조금 더 윗세대의 산물이어서 실감은 안 나지만, 정말이지 어떻게들 살았는지 몰라.'

그러한 삐삐도 90년대 후반, 핸드폰이 보편화되기 시작하며 2000년대 들어선 거의 자취를 감추게 되지만.

즉, 이른바 '신세대'들은 삐삐의 원래 사용 방식뿐만 아니라 그 응용까지 고려해 '쓸데없는 문자'를 남겨 가면서까지 언제고 소통이 가능하단 존재 증명을 피력해 왔단 것이기도 했다.

그런 만큼, 문자메시지라는 서비스에 대중의 수요는 검증되었다시피 되어 있었다.

내 말을 듣는 동안 삐삐를 보며 곰곰이 생각에 잠겨 있던 이세라가 고개를 들었다.

"즉, 사장님께선 문자메시지를 통해 전화기가 갖고 있는 공간적 특성을 넘어 시간의 제약마저 해소할 수 있으리란 생각이시군요. 그 내용도 삐삐보단 구체적이고, 마치 암호문 같은 제약도 없을 테니까요."

나는 고개를 끄덕였다.

"예. 바로 그겁니다. 사람들은 해당 서비스를 바라고 있으며, 우리는 문자메시지를 통해 핸드폰을 한 단계 진화시킬 수 있을 겁니다."

내 맞장구에 이세라는 얼떨떨한 얼굴로 남경민을 바라보았고, 생각에 잠겨 있던 남경민은 이윽고 천천히 입을 뗐다.

"그건 나아가, 상대에게 문자를 전송할 수 있다는 단순한 이야기가 아니겠군요. 그러자면 저희가 추진하고 있는 프로젝트 P의 다음 단계를 고안해야 할 필요도 있고요."

이세라가 고개를 갸웃했다.

"책임님은 문자메시지 서비스에 그 이상의 의미가 있다고 보시는 건가요?"

남경민이 고개를 끄덕여 이세라의 말을 받았다.

"예. 현재 저희는 '휴대성'과 '접근성' 측면에서 핸드폰을 취급해 왔습니다만, 화면에 구체적인 텍스트를 표시할 수 있게 되다는 건 정보의 집적과 체계성에도 맞아떨어지는 이야기가 됩니다."

"……."

"눈에 보이는 정보라는 건 그 수단을 통해 체계화와 정리가 가능해졌단 것이기도 하죠."

그러더니 남경민은 눈을 지그시 감았다가 뜨며 그답지 않은 미소를 지었다.

"어쩌면 앞으론 핸드폰을 통해 주소를 관리하고 스케줄까지 확인하게 될지 모르겠군요."

"마치…… 미래엔 핸드폰이 컴퓨터처럼 되리란 말씀처럼 들려요."

이세라의 말에 남경민은 고개를 끄덕였다.

"예. 그리고 사장님의 말씀대로라면 추후 핸드폰이란 존재가 개인을 대변하는 자아의 연장선에 자리 잡게 될지도 모르겠습니다."

남경민은 벌써부터 관련 개념을 저 멀리까지 확장해 사고하고 있었다.

'인재는 인재야.'

근 미래인의 눈에는 당연한 이야기일 뿐인 것들이지만, 관련한 사항을 스스로 연역해 개념화하는 건 남경민의 자질이었다.

나는 남경민을 보며 빙긋 웃는 얼굴로 말을 이었다.

"그렇습니다. 최근 주목받기 시작한 인터넷 또한 그것과 크게 다르지 않죠. 가상의 공간에 타인과 접점이 되는 공유 지점을 만들고, 이들과 정보를 교환하거나 소통하는 것이 인터넷이잖아요?"

인터넷이 언급되자 남경민이 눈을 가늘게 떴다.

이 시기에도 인터넷이 가능성의 바다이자 보고(寶庫)라는 내용은 많은 사람들이 침이 마르도록 떠들어 대는 것이었지만, '정확히 어떻게 도움이 될지'에 관해 구체적인 비전을 갖고서 떠들어 대는 이는 드물었다.

실제로 인터넷이 보편화된 근 미래에도, 그것이 어떤 잠재성을 갖추고 있을지는 모두 밝혀지지 않은 바.

다만 그것을 이루고 있는 본질과 근간은 시공간을 초월해 사람과 사람이 모이는 것에 있었다.

어떤 개념이 보편성을 획득하는 시점부터, 그건 새로운 이정표가 된다.

남경민이 고개를 끄덕였다.

"혹시나 어쩌면 머지않은 미래엔 핸드폰을 통해 인터넷에 접속하게 될지도 모르겠군요."

"으음."

남경민의 말에 이세라는 그 과감한 사고의 확장에 적잖이 당황한 눈치였지만, 결코 허황된 이야기만은 아니란 생각에

서인지 침음을 삼켰다.

'실제로 스마트폰의 시대가 오면 실현될 이야기지.'

하지만 이 이상의 미래를 이야기하는 건, 현시점에선—한성진 같은 꼬맹이들 앞에서는 떠들 수 있어도—전문가들을 상대론 비전이 아닌 망상으로 치부될 여지가 충분했기에 나는 말을 아끼기로 했다.

'결론에 도달하는 건 이들의 능력으로 해야 할 일이야.'

나는 그저, 이들에게 내가 아는 지식으로 비전의 방향만을 지침해 줄 뿐이다.

비전을 제시하는 것은 쉬우나, 그들이 손가락이 아닌 달을 보게끔 해야 마땅하니까.

이세라는 사뭇 진지한 얼굴로 입을 열었다.

"그렇겠군요. 인터넷에서도 이젠 이메일을 넘어 실시간으로 대화를 주고받는 '채팅' 서비스의 시대가 왔으니까요. 문자 매체가 오히려 시간적 한계를 넘어서 실시간에 준하는 정도로 전송되는 시대가 온다면, 그건 그 자체로 패러다임을 제시할 만한 것이 될 테고요."

나는 고개를 끄덕였다.

"저희는 이제야 미래로 향하는 이정표 앞에 섰을 뿐이죠. 프로젝트 P는 그 시작이 될 겁니다."

이세라가 쓴웃음을 지었다.

"다만 그러자면 근본적인 UI며 모바일 기기의 태생적 성능도 끌어올려야 하겠는걸요. 으음, 어쩌면 컴퓨터와 마찬가지로 '바탕화면' 역할을 할 만한 환경이 조성되어야 할지도 모르고요."

핸드폰을 휴대용 통신기기 이상의 개념으로 사고하기 시작한 이세라도 제법이었다.

남경민이 소파에 등을 기대며 쓴웃음을 지었다.

"아직까진 갈 길이 멀어 보이는군요. 하지만 몇 가지 정도는 다음 세대에 적용할 수 있을 것 같습니다."

그러면서 남경민은 잠시 생각에 잠겼다가 재차 말을 이었다.

"이를테면 전화번호부, 그러니까 '주소록' 정도는 구현 가능할 듯합니다."

거기부터 출발해야 한단 사실이 나로선 뜨악하게 만들 만한 이야기였지만.

나는 내색하지 않으며 그 말을 받았다

"좋군요. 그러자면 저희도 자체적인 OS 환경을 구축하고, 해외에서 주목받기 시작한 UI 디자인 분야에 투자를 할 때라고 봅니다."

이야기를 들은 이세라는 얼굴에 어색한 웃음을 띠었다.

"머리가 어질어질하네요. 책임님의 말씀대로 아직 갈 길도 멀고, 사장님 말씀처럼 저희는 이제야 출발선에 섰을 뿐이군요."

무엇이건 시작이 반이다.

방향을 수립하고 비전이 제시된 이상, 이후는 아이디어를 가속화하는 일뿐이니까.

"자, 그러면 테스트를 마무리 짓도록 하죠."

나는 덩그러니 놓여 있던 핸드폰을 집어 들어서, 이태석에 게 메시지를 보냈다.

「테스트용 문자메시지입니다.」

이윽고, 시간이 지나.

「확인완료」

이태석의 답장을 받은 나는 이들에게 화면들 보여 주면서, 보란 듯 씩 웃어 보였다.

20자 내외의 짧은 메시지였지만, 이제 시작일 뿐이었다.

남경민과 이세라가 떠난 사장실에서, 나는 홀로 전용 의 자에 앉아 폴더폰 뚜껑을 딸각딸각 여닫으며 생각에 잠겨 있었다.

'이 시점에 통신사 하나 먹었으면 딱 좋겠는데 말이야.'

하지만 인생사 새옹지마, 아무리 삼광전자의 후광을 등에 업고 있다곤 하나 물밑에서 '그들만의 리그'를 준비 중인 국내 이동통신사 경쟁 시장에 자사가 끼어드는 건 결과적으로 역사를 뒤틀게 만들지도 모를 일이었다.

'그러잖아도 슬슬 견제가 들어오려는 시점인데.'

문자메시지 서비스가 제 역할을 하려면 기기의 성능뿐만이 아닌 다른 외적 요인도 필요했다.

'각 통신사별로 상호 전송 합의가 필요하지.'

문자메시지 서비스는 원래 해당 통신사의 가입자만 상호 전송이 가능했고, 전생에는 각 통신사가 상호 전송에 합의하며 나중엔 관련한 국가 표준 가이드라인까지 나오게 되지만.

'역사란 삐긋하는 순간 발을 헛디디게 되는 것이란 걸 질리도록 경험해 오고 있으니.'

내 개입으로 인해 '이동통신사 간 상호 전송 협의'가 이루어지지 않을 여지도 고려는 해 봐야 했다.

이러한 상호 전송 협의가 이루어지지 않을 경우의 미래는 옆 나라인 일본이 훌륭한 예시가 되어 주었다.

일본은 우리나라와 달리 앞서 말한 이동통신사 간 문자메시지 상호 전송 협의가 이루어지지 않았고, 결국 일본 핸드폰 이용자들은 우리처럼 '전화번호'를 통해 문자메시지를 주고받는 것이 아닌 별도의 '휴대전화 메일'을 사용하게 된다.

문자가 아니다. 엄연히 @가 붙는 메일이다.

일본 거주민들은 이러한 데이터 기반의 '메일'을 주고받으며 양측이 각각 수발신의 해당 비용을 부담하게 되었고—그 요금은 결국 데이터 요금이기도 하니—그 결과 일본에선 '장문의 메시지를 보내는 것이 결례'라는 해괴망측한 에티켓이 정착하게 되는 지경에 이른다.

이러한 일본의 폐쇄성은 대한민국에서 개발한 모바일 메신저 LINE이 정착하기 전까지 쭉 이어졌는데, 일각에선 일본이 모바일 시장 체제로 급변하는 전자 기기 시장으로 뛰어들 타이밍을 놓친 것을 두고 '그런 폐쇄적 문화가 적절한 내수 시장을 형성하지 못해서인 것'이라며 분석하는 이도 있을 정도였다.

'그리고 LINE이 기존 휴대폰 메일을 잠식하고 나니 그제야 부랴부랴 각 통신사별 상호 전송 협의에 들어가게 되지만, 때는 이미 늦었고.'

그 외에도 LCD로 개편하는 TV 시장에서 '장인 정신이 듬뿍 묻어나는' PDP를 고집했다가 죽을 쑨 것도 있으니, 이래저래 워크맨의 대박 이후론 죽은 자식 불알 만지기에 여념이 없는 나라란 생각이 들지만……. 지금은 신경 쓸 필요 없는 좀 더 훗날의 이야기다.

'뭐, 나로선 문자메시지 서비스가 삐끗해서 일본처럼 흘러간다고 한들 3G 시장이 나오자마자 모바일 메신저로 집어삼

키는 것도 가능하겠지만.'

대중의 수요가 공급을 낳기도 하는 법이다.

대한민국의 빨리빨리 문화와 PC방이 세계 최고 수준의 인터넷 환경을 만들었다는 건 호사가들이 농담 삼아 하는 이야기고, 사실은 오래전부터 준비해 온 정부 주도의 광대역 통신망 사업이 기반을 받쳐 주었기 때문에 가능한 이야기였다.

그리고 이러한 광대역 통신망은 우리가 기억하는 PC방이며 스타크래프트 등이 활개를 치기 전, '물리적인 회선망을 깔아 둔' 각 기업의 경쟁 구도하에 만들어진 것이다.

'그러니 이제 와서 기지국을 세우고 주파수 대역 경매에 발을 들이는 것도 조금 우습지. 모난 돌이 정 맞는 법이고.'

생각에 잠겨 있으려니, 똑똑 하고 노크 소리가 들렸다.

"사장님, 보고 서류를 올려도 되겠습니까?"

"들어오세요."

달각, 문이 열리고 서류 더미를 끌어안은 전예은이 다가와 내 책상 앞에 쿵, 하고 서류를 내려놓았다.

SJ컴퍼니는 남들보다 한발 앞선 인트라넷을 도입하곤 있으나, 아직은 아날로그 방식의 수기 결재도 필요한 시기였다.

"서류는 분부하신 대로 분류해 두겠습니다."

비서로서 전예은은 빠릿빠릿했고, 그 실력만큼은 비서실장 직함을 달고 있는 윤선화에 비할 수 있을 정도였다.

내 앞에 4단계로 서류를 분류한 전예은은 이윽고 내 손에 들린 핸드폰을 물끄러미 바라보았다.

"프로젝트 P인가 보군요."

비서란 사장의 그림자다.

내 앞에 오는 서류의 1차 검수자이기도 한 전예은은 '겉으로 보아선 핸드폰인지 알기 어려운' 이 폴더폰의 정체를 금방 추리해 냈고, 나는 담담히 고개를 끄덕였다.

"만져 볼래요?"

"네."

그녀는 내빼는 기색도 없이 내 손에서 핸드폰을 공손하게 받아 들어 뚜껑을 열었다.

"으음."

그 얼굴에 예의 희미한 미소가 어리는 것을 보며, 나는 툭 물어보았다.

"어때요?"

전예은은 얼굴에 어린 미소를 지우며 핸드폰을 조심스럽게 책상 위로 내려놓았다.

"제 의견을 말씀드려도 될까요?"

"두 번씩 권하진 않겠습니다."

전예은은 곧장 대답했다.

"프로젝트 P는 앞으로 있을 모바일 사업 전체에 이정표가 되어 주리란 생각이 듭니다."

"……이를테면요?"

"네, 핸드폰 기기끼리 상호 문자를 주고받을 수 있게끔 만드신 것 같아서요. 만약 그대로 이루어진다면 무척 편리할 것 같단 생각이에요."

혹시 도청이라도 하고 있나?

아니. 그럴 리는 없지.

그게 아니라면 진짜 작두라도 타는 건 아닐까, 싶은데.

나는 종이 위에 숫자를 적은 뒤, 이를 손바닥으로 덮어 가렸다.

"전예은 씨."

"네."

"방금 제가 종이에 뭐라고 썼는지 맞혀 보세요."

"……."

"……."

"……저, 사장님, 혹시 농담을 하시려는 건가요? 아, 그게 아니면, 스무고개로?"

당황하는 모습을 보니 그런 건 아닌 거 같고.

"……50보다 큰가요?"

"……."

나는 등을 의자에 기댔고, 전예은은 힐끗 종이를 보더니 조그맣게 '42'라고 중얼거리며 고개를 끄덕였다.

"어떻게 아셨습니까?"

"예? 방금 눈으로⋯⋯."

"아니, 숫자 말고요. 프로젝트 P가 문자메시지 서비스를 염두에 둔 1세대 핸드폰이라는 것 말입니다."

그렇게 말하며 그녀를 물끄러미 쳐다보니, 전예은은 담담히 말을 이었다.

"기판 위에 한글 자모음이 적혀 있어서요. 서류에도 한컴 측과 관련한 기술 개발에 투자하셨다는 내용이 있었고요. 저는 거기서 수요에 맞춰 해당 사항을 유추해 보았을 뿐이에요. 혹시 불쾌하셨다면⋯⋯."

나는 고개를 저었다.

"아뇨, 그럴 리가요. 저는 비서로서 전예은 씨의 의견이 궁금했을 뿐입니다. 힐난하려는 생각은 더더욱 없고요."

"⋯⋯네."

"어쨌건 잘 알겠습니다. 전예은 씨는 프로젝트 P가 모바일 사업의 이정표가 되어 주리란 판단이군요."

"네."

"⋯⋯."

만일 '단순히' 머리가 좋아서 관련 사항을 유추한 것이라고 하면, 고작 고등학생 뻘에 불과한 그녀가 능력 면에선 남경민이나 이세라의 머리 위에 있다는 건데.

'그것도 마냥 억측은 아닌 것이, 앞서 신장개업 프로그램 프로듀싱 때도 범상치 않은 모습을 보여 주었으니.'

잠시 그러고 있으려니 생각으로 인한 침묵이 어색한 침묵으로 변하기 직전, 내가 '이만 돌아가 보라'고 말하려는 찰나 전예은은 왠지 그녀답지 않게 먼저 입을 떼었다.

"저…… 사장님."

"예."

"결례를 무릅쓰고 여쭤보고 싶은 게 있습니다."

그렇게 말한 전예은은 큰 결심을 한 듯 두 주먹을 꼭 쥐고 있었다.

나는 그것을 못 본 척하며 태연하게 고개를 끄덕였다.

"말씀하세요."

"혹시……."

그녀는 후읍, 하고 심호흡을 하더니 끊어 말하듯 또박또박 입을 뗐다.

"……제가 싫으신 건가요?"

"……예?"

뭔 소리야.

그녀의 예기치 못한 의외의 말에 당황했다.

"대체 무슨 말씀이십니까?"

전예은은 내 말에 곧장 답하는 대신, 꾹 하고 목울대를 넘기곤 물기 어린 목소리로 뒤늦게 대꾸.

"사장님께서는."

하는가 싶더니.

"사, 사장님께서는, 저한테만, 끅."

"……."

"매, 매번, 저기, 흑, 죄, 죄송, 끅, 합니다. 누, 눈물이 멈추질 않아서, 끅, 흑."

참지 못하고 울었다.

"……."

돌겠네.

나는 책상에 머리를 박고 싶은 걸 꾹 눌러 참으면서, 자리를 돌아 나와 전예은에게 손수건을 내밀었다.

전예은은 코를 훌쩍이며 내 손수건을 받아 들더니 눈가를 닦았고.

"코 푸세요."

"……네. 흥, 흐응!"

콧물까지 닦았다.

나는 희미하게 들썩이는 그녀의 어깨를 다독여 줄까, 싶다가 손을 말아 쥐며 응접용 소파로 향했다.

"일단 앉으세요. 차분히 이야기를 나눠 봅시다."

"……끅, 네, 훌쩍."

내 대각선에 자리를 잡고서도 봇물처럼 터진 눈물샘이 멈추지 않는 양, 전예은은 한동안 말없이 계속 훌쩍이기만 했다.

담배를 배운 적은 없지만, 흡연자들은 이럴 때 담배를 피우는구나 싶었다.

훌쩍, 하고 한번 어깨를 들썩인 전예은이 고개를 숙이며 손수건을 내밀었다.

"저, 손수건은⋯⋯."

나는 눈물 콧물로 축축한 손수건을 물끄러미 쳐다보았고, 전예은은 황급히 손안에 손수건을 말아 쥐더니 조그맣게 덧붙였다.

"⋯⋯세탁해서 드릴게요."

"아닙니다. 가지세요."

"⋯⋯죄송합니다."

나도 울고 싶군.

내 이니셜이 자수로 새겨진 실크 손수건이 아까워서가 아니라, 이 나이 먹고 사춘기 여자애를 울렸단 것과 그런 여자애를 위로해 줘야 하는 현 상황이 참담해서.

'전생의 한성아 때도 느꼈지만, 이 나이대 여자애들은 상대하기 버거워.'

호르몬 문제일까.

한편으론.

'하긴, 생각해 보면 전예은도 고작해야 지금 나보다 몇 살 정도 연상일 뿐인데.'

원래라면 이즈음 '어느 고등학교로 갈까'를 두고 친구들끼리 이야기를 주고받거나 혹 하고 찾아온 중학교 졸업식에 복잡한 기분을 느끼며 '잘 있거라 아우들아' 노래를 불러야 할 나이였다.

또 달리 생각하면, 전예은은 이제 고아원에서 쫓겨나다시피 나와서 앞으로 어떻게 살아가야 할지 또래에 걸맞지 않은 그녀의 껄끄러운 처지를 고려해야 할 때였다.

지금처럼 인턴과 아르바이트 사이의 애매한 위치에서 본의 아닌 내 시험을 겪어 가며 비서로 행동한다는 건 여러모로 정상이 아니었다.

'범상치 않다는 건 알겠지만, 이러는 거 보면 애가 맞구나 싶기도 하고.'

역설적이지만, 나는 전예은이야말로 내 현재 상황을 이해해 줄 사람이라는 생각을 하고 있었던 것인지도 모르겠다.

'왠지 모르게, 나처럼 전생을 기억하는 건 아닐까, 생각한 것도 있고.'

그랬다.

나는 높은 확률로, 전예은이 이번 생의 나처럼 비상식적인 태생은 아닐까 생각하던 차였다.

그랬기에.

전예은의 또래에 걸맞지 않은 그 모습 앞에서, 나는 은연중 그녀 앞에선 이성진이란 가면을 벗어던지고 내 입장을 강요했던 것이 아닐까.

'……어쩌면 그냥 내 제멋대로의 요상 망측한 동지애였을

지도 모르지.'

나는 나름의 신중함으로 그녀를 대하며 일부러 거리를 두고 있었던 것인데, 이는 한편 '전예은이 나와 같지 않다'는 가능성을 염두에 두지 않은 실책이었던 것도 분명했다.

'나 참. 나도 아직 한참 미숙하군.'

그게 결과적으론, 그녀로 하여금 내 행동이 짓궂게 비쳤던 것이리라.

전예은의 간간한 훌쩍거림이 사장실의 적막을 깨트리는 가운데, 마침내 그녀가 목울대를 꿀꺽이곤 입을 열었다.

코를 마신 건 아니겠지.

"흉한 모습을 보여 드려서 죄송합니다."

"아뇨."

그렇다고 그녀에게 '나야말로 미안하다', 고 말하기는 어색해서 나름의 답변을 이어 붙였다.

"부하 직원의 멘탈 케어는 고용주의 책임이니까요."

"……"

"……왜요?"

"……아뇨."

전예은은 '후우' 하고 한숨을 내쉬더니, 고개를 들어 빨개진 코끝과 눈가를 내게 보였다.

"……사장님께선 믿지 않으실지도 모르겠지만, 드릴 말씀이 있어요."

……이번엔 또 뭔데.

전예은은 담담하게, 하지만 그러면서도 말에 힘을 실어 가며 입을 뗐다.

"저는 사람을 볼 줄 알아요."

그건 처음 만났을 때도 들었다.

하지만 이런 상황에는 입을 열지 않고 경청만 해 주는 것이 효과적이라는 걸 지난 세월의 경험으로 체득한 나는 그 말에 대꾸하는 대신 가만히 고개를 끄덕였다.

나로선 그녀가 말한 '사람을 볼 줄 안다'는 말 앞에 붙은 '믿기 힘든 사실'이라는 전제의 정체가 궁금하기도 했고.

한편으론 그때, 그녀와 눈이 마주쳤던 겨울밤의 기이한 체험이 신경 쓰였던 것도 있었다.

그녀는 내 고갯짓을 보곤 조금 망설이던 기색을 내려놓으며, 손에 쥔 손수건을 의식하는 양 슬쩍 그러쥐더니 다시 입을 뗐다.

"다만, 제가 말씀드리는 '사람을 볼 줄 안다'는 건 일반적으로 통용되는 의미와는 다른 것이기도 해요."

거기서는 나도 나름의 대답을 내놓아야 했다.

"예. 저번에 말씀하시기론 의사결정에도 도움을 줄 수 있다, 고도 하셨죠. 전예은 씨의 '사람을 볼 줄 안다'는 건 그것과 무관하지 않은 이야기겠군요."

그녀는 고개를 끄덕이더니 조심스럽게, 하지만 결코 비굴

하거나 둘러대려는 기색 없이 말을 이었다.

"제가 드리는 말씀 속에서 '사람을 본다'는 건, 그 사람이 가진 자질이며 가능성까지도 꿰뚫어 볼 수 있다는 의미입니다."

자질? 가능성? 꿰뚫어 본다?

내 표정이 어땠는지, 전예은은 가만히 쓴웃음을 지었다.

"저도 알아요. 제가 드리는 말씀이 일반적인 기준에선 얼마나 황당하고 말이 안 되는 건지 정도는요. 확실히, 그건 형이상학적이고 논리적이지도 않은 이야기니까요."

"……."

그녀의 말마따나 나 역시도, 내가 겪고 있는 '전생의 기억'이며 그녀와 만나며 겪었던 기이한 경험만 아니었던들, 그저 망상으로 치부하고 말 이야기였다.

"사실, '본다'고 말하는 것에도 다소 어폐는 있네요. 그걸 어떻게 표현해야 할지 모르겠지만……."

그녀는 말끝을 흐리며 표현을 고르는 모양인지 잠시 침묵했다가 천천히 말을 이어갔다.

"굳이 오감에 빗대어 말하자면 냄새 같은 거예요. 시각 정보보단 좀 더 직관적이란 의미에서요."

"……직관?"

"네."

전예은은 어깨의 짐을 내려놓은 듯한, 차라리 홀가분해 보이는 얼굴로 말을 이었다.

"제가 누군가와 만나면 관련해서 느낌이 먼저 오고, 그다음엔 그 상황에서 결과에 관한 비전이 물에 빠진 공처럼 머릿속에 떠올라요. 그건 확정된 요소가 아니라는 점에서, 저는 가능성이라고 불러요."

그녀가 말했듯 그녀의 '능력'이 형이상학과 관련한 직관이라면, 관련해선 비유로밖에 접근할 수가 없다.

혹은 예시이거나.

전예은이 입을 열었다.

전예은이 말하길, 그녀가 기억하는 최초의 기억은 어느 날 밤, 요한의 집에서 잠결에 눈을 뜬 것이었다.

「네다섯 살 즈음일 거예요.」

그렇다 해서 그 시기에 요한의 집에 맡겨졌단 건 아니었다.

서류상으로 전예은은 갓난아기 시절에 유기되었고, 그 부모가 누구인지조차 알 수 없었다고 한다.

그녀의 이름 석 자도, 심지어 성 씨마저도 최초 보호자인

전 아무개 씨의 성을 따온 것이었고, 이름은 적당히 아무것이나 가져다 붙인 것이라고 했다.

「그래도 저는 제 이름이 마음에 들어요.」

웃을 수만은 없는 이야기지만, 그녀는 웃으며 그렇게 말했다.

그 뒤, 전예은은 흘러 흘러 요한의 집까지 왔고, 그녀가 기억하는 최초의 광경에 이른다.

보육교사의 말로는 '원래부터 조용하고 말이 없던 아이'였다고 한다.

그런 천성 덕일까, 그녀는 그녀 스스로도 '최초의 기억' 이후로도 말수가 적고 얌전한 유년 시절을 보냈다.

「제가 남들과 다르다는 걸 알게 된 것도 그즈음이었고요.」

그건 타인과 자신을 구분 짓는다는 아동기 성장학과 조금 다른 이야기였다.

관련해 몇 가지 일화는 있었던 모양이나, 그건 최초의 기억 이전인지 이후인지 그녀 스스로도 확신할 수 없는 선에서 헝클어져 있었고, 어쩌면 '말수가 적고 조용한 아이'로 자라난 건 그녀 스스로도 기억하지 못하는 체험에서 비롯한 것일지도 모른다고, 그녀는 덧붙였다.

　그러면서 한 가지, 그녀는 그 시기 그녀의 인상에 남아 있던 강렬한 체험을 언급했다.

「고아원에는 입양을 바라는 예비 양부모들이 종종 찾아오곤 하죠.」

　그녀가 그녀의 입을 통해 스스로 말한 건 아니지만, 전예은은 '제법 예쁘장하고, 머리가 좋으며, 얌전하'기까지 했으므로, 그런 그녀가 양부모에게 입양되기란 쉬운 일이었으리라.

　'실제로도 해당 나이의 여아가 가장 선호되는 입양 대상이라는 건 통계적으로도 증명되는 이야기고.'

　그런 전예은의 입양을 바라는 예비 양부모가 있었다.

「……저는 그분들을 보자마자 소름이 끼쳤어요.」

　전예은은 거기서 '입에 담기도 끔찍하고 무서운' 것을 보았고, 그건 어린아이가 느끼는 본능과 맞물리며 급기야 그녀로 하여금 울음을 터뜨리게 했다.

　그때 갑작스레 울음을 터뜨린 전예은을 보며 당황하던 원장과 보육교사의 얼굴이 기억난다는 말을, 전예은은 담담하게 회고했다.

평소에도 또래에 비해 어른스럽고 얌전하던 전예은이 예비 양부모를 보자마자 울음을 터뜨리더니 급기야는 울다가 기절할 지경까지 이르자, 그들은 입양을 포기하며 요한의 집을 떠났다.

전예은은 그들이 누구였는지, 어떤 사람이었는지는 말하지 않았다.

그녀 스스로도 모르고, 또 알고 싶지도 않은 그런 사람이라고 했다.

'그녀의 직감을 그녀 스스로 확인하기도 싫었단 거겠지.'

일종의 방어기제였으리라.

그녀가 아닌 다른 누군가가 그녀가 '겪었을지도 모를' 일을 겪게 되리라는 건…….

'그녀의 말이 사실이란 전제를 건다면, 전예은에게는 그런 세계가 당연한 것일 테니까.'

내가 그 당시의 서류를 손에 넣는 건 어렵지 않겠지만, 그들이 기재한 신분증명이 사실일 리도 없고.

「그때부터였어요. 나는 남들과 다르다는 걸 알았죠. 저는 다른 사람들이 모르는 걸 알 수 있었고, 심지어 제법 정확했거든요.」

한 번 정도는 우연일 수 있으나, 요한의 집에서 보낸 10여

년의 기간 동안엔 그녀가 언급하지 않은 무수한 일화도 있었을 것이다.

「일부러 내색은 안 했지만요.」

사소하겐 그날 저녁 메뉴를 아는 것부터, 멀리 본다면 조인영의 적합한 보호자를 선별하고 적성을 찾아 주는 것까지.

심지어는 누가 언제 죽는지도 알아맞힌 적이 있었다.

「정화물산의 전대 사장님이었죠.」

음주운전으로 사망했다고 한다.

그걸 막지는 않았느냔 내 말에 그녀는 '그분과는 그럴 만한 의리도 없고, 어차피 그 자체는 당연한 순리'라며 냉정하게 대꾸했다.

'확실히, 그런 걸 보며 살아왔다면 사고방식이 우리완 다를 수 있겠군.'

나로선 어림하기도 힘든 일이지만.

그 과정 속에서 그녀는 그녀 스스로 자신이 남들과 다르단 사실을 자각했고, 그것은 자연스럽게 확신으로 굳어 갔다.

어쩌면 그녀가 또래에 비해 조숙하다 못해 애늙은이처럼 보이는 것도, 그런 체험이 압축되며 남보다 배 이상의 시간을 보냈기 때문일지도 모른다.

「물론 남들처럼 제 앞날도 어느 정도는 예측이 가능했어요. 거기엔 제가 가진 능력을 발설하지 않는 경우의 이득이 더 클 것이라는 결과도 있었고요.」

그러다가 그날 저녁, 나를 만났다.

"흐음."
거기까지 들은 나는 턱을 긁적였다.
"그렇다면 말입니다, 전예은 씨에게 저는 어떻게 보였습니까? 아, 맡아졌다, 라고 해야 하나요?"
내 말에 전예은은 눈을 가늘게 뜨고 나를 쳐다보다가 고개를 저었다.
"사장님만큼은 저도 말씀드릴 수가 없어요."
왜, 천기누설의 저주라도 있는 건가?
내가 전예은을 물끄러미 쳐다보고 있으려니, 그녀는 얼른 대답했다.
"다른 이유가 있어서가 아니에요. 사장님만큼은 유일하게 제…… '초능력'이 작동하지 않았거든요."

방금 전예은은 스스로 그녀의 능력을 두고 '초능력'이라 언급했는데—그녀 나름대로 고르고 골랐을 어휘겠지만—초능력이라는 단어의 뉘앙스에선 얼핏 자조적이고 블랙 유머스러운 일면마저 느껴졌다.

　그녀도 그런 어휘의 뉘앙스에서 오는 아이러니함을 느꼈는지, 입가에 쓴웃음을 내걸었다.

　"이걸 다른 사람 앞에서 이야기해 보는 건 처음이어서, 막상 내뱉고 보니 어색하네요."

　"예, 뭐."

　나도 그녀와 마찬가지의 '초능력'이라 분류되는 능력을 가진 입장이지만.

　나는 담담하게 그녀의 말을 받았다.

　"정리하자면, 그렇다는 건 제게는 전예은 씨의 '능력'이 발동하지 않았단 거군요."

　전예은은 나를 물끄러미 바라보다가 천천히 고개를 끄덕였다.

　"맞아요. 마치 아무도 밟아 본 적 없는 설원처럼, 사장님은 무척이나 조용하고 깨끗했어요."

　그녀의 비유는 사뭇 인상적이었는데, 이는 그간 그녀가 살아오며 느꼈을 감정이 내게 든 비유를 통해 간접적으로나마 와닿았던 까닭이었다.

　'그 과정에서 겪었을 정신적 피로감까지도.'

나는 그녀의 입장이며 사고회로를 알 수 없을 것이다.

그녀가 보는 주관과 세계는 오롯이 그녀만의 것이었고, 다른 누군가가 이해할 수 있는 성질이 아니었다.

나는 천천히 입을 뗐다.

"전예은 씨, 남들에게 이런 이야기를 하는 것이 처음이라고 하셨죠."

"네."

"그렇다면 제게는 왜 말씀하신 겁니까?"

전예은은 잠시 생각하더니 고개를 저었다.

"모르겠어요. 어쩌면 사장님만큼은 저를 이해해 주시리라 믿은 걸지도 모르고, 사장님 앞에선 어린아이처럼 엉엉 우는 모습까지 보였으니 '에라 모르겠다' 하고 생각해 버린 걸지도 모르죠."

그렇게 말하며 웃는 전예은은 이번만큼은 그 또래에 걸맞은 얼굴을 보여 주었다.

"게다가 사장님은 저에게만 엄격한 잣대를 들이미시니까, 그게 서운했던 것도 있어요."

"제가요?"

"네. 다른 분들께는 친절하시면서 저에게만큼은 유독 요구하시는 게 많잖아요. 마치 저를 두고 무슨 시험이라도 하시는 것처럼요."

그럴 의도는 아니었는데, 결과적으론 그렇게 되고 말았단 건가.

'기대치가 높았던 것이 지금의 그녀로선 감당하기 힘들었나 보군.'

하지만 그런 건 공연히 들먹일 만한 이야기도 아니었고, 내가 그녀를 높이 샀단 것엔 남들에게 밝힐 수 없는 개인적인 이유도 있어서, 나는 입을 다물었다.

뒤이어, 전예은은 얼굴에 걸린 웃음기를 지우며 또렷한 눈으로 나를 보았다.

"사장님께선 제 이야기를 믿으시나요?"

그 말을 들으며 나는 소파에 등을 기댔다.

"글쎄요."

자칭 다른 사람의 앞날을 예측할 수 있는 초능력자.

그러면서 그 능력이 나에게만큼은 발동하지 않는 인물.

상식선에서 이를 망상으로 치부하고 마는 건 쉽다.

다만.

"사실, 믿거나 말거나 아무 상관도 없습니다."

"……예?"

전예은은 눈을 동그랗게 뜨더니 이내 그 얼굴에 얼핏 서운한 감정을 내비쳤다.

'내가 본인의 이야기를 거짓말이나 망상으로 치부한단 생각이겠지.'

나는 그런 전예은을 보면서 피식 웃었다.

"그런 게 아니라……. 이렇게 하죠. 우선은 전예은 씨가 말한 능력이 사실이라고 전제해 보겠습니다."

'전제한다'고 했지만, 나는 이를 마냥 부정하지는 않았다.

'당장 내가 3년가량 겪고 있는 이번 생부터가 상식의 궤를 벗어나 있으니까.'

그러면서 나는 전예은을 향해 말을 이었다.

"그 능력이라는 건 좀 더 구체적으로, 어떤 방식으로 작용하는 건가요?"

이 상황에서도 전예은은 내 물음에 충실히 답했다.

"이를테면……. 얼마 전 SBY를 만났을 때, 저는 찬성 씨를 세간에서 평가하는 이상으로 자질을 높이 샀던 적이 있죠?"

기억하고 있다.

그녀는 SBY의 리더인 찬성을 향해—연기인지 진심인지는 일단 차치하고—팬을 자청하며 필요 이상으로 들뜬 모습을 보였다.

"그건, 그중에서 찬성 씨가 가진 가능성이 가장 컸기 때문이에요. 만일 찬성 씨에게 적절한 기회가 주어진다면, 그 가능성이 제때에 맞춰 개화하리라고 생각했고요."

나는 고개를 주억거렸다.

"이를테면요?"

전예은은 속에서 말을 고르는 양 잠시 생각에 잠겼다가 고개를 들었다.

"사장님, 혹시 잉어에 대한 우화를 아세요?"

흠.

'대강 무슨 이야기가 나올지 짐작은 가는군.'

잉어에 관한 우화는 한창 자기개발 서적 붐이 일었던 당시 제법 널리 퍼졌던 내용이다.

"잉어는 처한 환경에 따라 그 크기가 달라진다고 해요."

세간에선 '코이의 우화'라고 말하는 사람도 있지만, 코이(鯉 : Koi)는 일본 고유의 관상어 종이 아닌, 잉어를 일본어로 옮긴 말일 뿐이다.

'뭐, 그러다 보니 해당 우화의 출처가 일본일 거란 설도 파다하지. 더욱이 일본인이란 옛날부터 정신론을 좋아하던 민족이니.'

아무튼 맥락은 지금 전예은이 내 앞에서 이야기하고 있는 것과 다르지 않다.

"잉어는 자신이 연못에 있거나 수족관에 있으면 그 크기를 키우지 않지만, 강에서 사는 잉어는 무려 120cm까지도 자란다고 하죠."

여기서 사람들은 잉어를 빗대어 '보아라, 생물은 살아가는 환경에 의해 얼마든지 성장하는 법이다' 하고 교훈을 전달하려 안달이다.

그걸 두고 잉어란 등용문(登龍門 : 잉어가 황하강 상류를 거슬러 오르면 용이 된다는 전설)의 고사에도 쓰이는 등 '영물' 취급을 받는 종이다 보니 그 우화의 진위 여부를 의심하는 사람도 있었지만.

실제로 해외 등지에선 100Kg이 넘는 잉어종을 포획했단 뉴스가 나오기도 했으니 마냥 허튼 이야긴 아닌 모양이다.

하지만 전예은이 찬성이란 인물평을 내놓기에 앞서 해당 우화를 들먹인 건, 해당 일반론을 특수화하기 위함일 것이다.

"그러니까, 찬성 씨는 그런 잉어의 우화와 마찬가지로, 처한 환경에 따라 그 가능성이 달라지는 인물이란 겁니까?"

내 말에 전예은은 고개를 끄덕였다.

"네. 찬성 씨의 경우 환경에 맞춰 자신의 능력을 키워 낼 줄 아는 분이에요."

그래서 잉어의 우화를 들먹인 건가?

그러면서 전예은은 SBY의 1집에 실린 찬성의 솔로곡인 'Midnight'을 언급했다.

"Midnight은 공가희 씨가 1집 완성 단계 직전에 만들어 낸 곡이에요. 듣기론 해당 앨범에서 제하려던 것을 찬성 씨가 맡겠다고 해서 부랴부랴 녹음을 마쳤고, 그 결과는 다들 알다시피 관계자들의 기대 이상이었어요."

그런가?

내가 듣기엔 그냥저냥 무난한 모던 록이었던 거 같은데.

전예은이 미소 띤 얼굴로 덧붙였다.

"원 테이크로 그 정도 성과를 냈다는 건 놀랍지 않나요?"

나로선 그렇게까지 일정이 빠듯했다면 먼저 보고를 올리란 말이 목구멍까지 솟구쳐 올랐지만, 천희수에게 전권을 위임한 건 다름 아닌 나였던 데다가 그 푸념을 제3자인 눈앞의 전예은에게 쏟아부을 수도 없었으므로.

"……어떤 의미로는 그렇군요."

그렇게만 대답했다.

"그렇죠?"

전예은이 내 동의를 구하며 웃었다.

"더군다나, 원래 찬성 씨는 오디션 당시 힙합을 자신의 장기로 내세웠던 분이에요. 하지만 사장님도 아시다시피 Midnight이라는 곡은 밴드 사운드를 배경으로 한 모던 록 계통의 곡이죠."

즉, 처음부터 자신의 장기가 아니었단 것이다.

들을수록 놀라웠다.

아니, 찬성의 재능 이야기가 아니라 내 생각 이상으로 일이 주먹구구식이었단 점이 그랬다.

'천희수로선 내가 제시한 일정 속에서 최대한의 성과를 만들어 낼 생각이었겠지.'

다만 이제 와서 그걸 후회해 봐야 때는 늦었고.

그나마 전예은의 주장으로 2집 앨범 발매를 미룬 것 정도가 다행이란 생각마저 들었다.

전예은이 말을 이었다.

"게다가 찬성 씨는 리더로서 다른 멤버를 보살피는 모습과 달리, 2남 1녀 가정에서 막내더군요."

거기까진 나도 신경을 쓰지 않아 몰랐다.

다만, 리더로서 찬성의 자질이 어떠하다는 정도는 나도 SBY의 연습 환경을 두 눈으로 보아서 알고 있었다.

개성이 강하다는 건 달리 말해 자기주장이 강하단 의미이기도 하다.

SBY는 처음부터 그런 '개성'을 앞세운 아이돌 그룹이었고, 적잖은 아이돌들이 '멤버들 간의 불화'를 이유로 해체되었다는 걸 감안하면.

SBY는 리더인 찬성의 대처로 각자의 개성을 한데 아우르며 남다른 팀워크와 친분을 보여 주고 있었다.

거기엔 물론 막내라고 하는 환경상의 선입견을 배제한 채 판단한단 전제가 붙긴 하지만.

'그래서 잉어, 라는 건가.'

환경에 맞춰 자신을 바꿀 줄 안다는 것.

전예은의 분석에 의하면.

개성파인 멤버들 중에서도 '리더'라는 점을 제외하곤 두드러지는 특장점이 없던 찬성은 그 몰개성한 부분이야말로 그만의 장기였단 의미였다.

'내 생각 이상으로 주먹구구 날림이었던 SBY가 그나마 여기까지 올 수 있었던 건 리더인 찬성 덕분이라고 해야 하나.'

전예은의 이야기를 들으며 SBY의 실패 원인이 다른 것에도 있었단 것을 알게 된 나였지만, 동시에 그건.

그 환경에서 그나마 최선이었단 것도 깨닫게 됐다.

'……아마 역사 속에선 내가 모르는, 천희수 나름의 고충이 있어 왔겠지.'

내가 천희수의 재기며 프로듀서로서 능력을 의심하는 건 아니었다.

그는 '이전에는 없던' 아이돌 그룹을 개념화해 냈고, 그가 참조할 것이라곤 간간이 나오는 내 조언 정도가 고작인 상황에서 여기까지 해냈다.

하지만 달리 생각해 보면 그도 이 시점에선 아직 젊고 경험이 적었다.

전생에도 프로듀서로서 천희수가 두각을 나타내기 시작하는 건 숱한 실패를 겪고 방황을 거친 2000년대 후반.

그건 천희수의 듀오라고 할 수 있는 공가희 역시도 마찬가지.

그들이 성공한 건, 그들이 성공할 운명이었기 때문이 아니라 거기에 이르는 성장통이 있었기 때문이었다.

지금껏 나는 단순히 '시대를 앞서갔다'는 생각으로 실패 원인을 분석해 왔지만, 원래 그들이 가진 포텐셜을 생각하면 그들이 '시대를 이끌어 나가야' 했음에도 불구하고.

'안일했어.'

내가 지금까지 성공 가도를 달려 온 건, 운이 좋아서였다.

'나는 미래를 알고 있다는 것에 안주해서 현재가 어떻단 것까진 생각하지 못했던 건가.'

그걸 떠올리자마자 나는 등골이 싸해짐을 느꼈다.

"……사장님?"

"아, 죄송합니다."

나는 척수반사적으로 손을 저었다.

지금이라도 늦지 않았다.

원인을 알았다면, 앞으론 그걸 고쳐 나가면 된다.

때마침, 내 눈앞엔 그러한 결손을 보완해 줄 인재가 있었고.

"이야기를 들으니 의외여서요. 저도 몰랐던 이야기군요."

태연한 척 뱉은 내 말에 전예은이 미소를 지었다.

"사장님도 모든 것을 아시는 건 아니네요."

나는 '저에겐 전예은 씨 같은 초능력이 없거든요' 하고 농담을 하려다가 관뒀다.

그녀에겐 내 농담이 통하지 않는다.

"아무튼 찬성 씨에 관한 전예은 씨의 분석은 잘 들었습니다."

"분석……인가요?"

"예. 말씀을 들으니 예은 씨가 말한 찬성 씨의 자질이며 능력이 무엇인지 얼추 알 것 같군요."

내 말을 들은 전예은은 복잡한 표정을 지었다.

그 복잡한 표정은 내가 아직도 그녀의 말—초능력—을 믿지 않는 것처럼 보인다는 것과 그러면서도 자신의 성과를 인정해 주고 있단 것에서 오는 괴리 때문일 것이다.

하지만 그건 그녀의 오해였다.

나는 전예은이 주장하는, 그녀가 가진 '능력'을 폄훼하거나 부정하려는 생각은 없었다.

'다만.'

나는 전예은에게 보란 듯 미소를 지었다.

"그럼 다시 예은 씨가 가진 능력 이야기로 돌아가 보죠. 예은 씨가 찬성 씨를 보았을 때, 그의 승승장구하는 미래가 보였습니까?"

내 물음에 전예은은 쓴웃음을 지었다.

"오해가 있으신 것 같네요. 제가 가진 능력은 그런 방식이 아니에요. 제가 보는 건 단락적인 것이고, 어디까지나 가능성일 뿐이죠. 영사기에서 화면이 재생되는 것처럼 눈앞에 또렷한 광경이 펼쳐지는 게 아니라, 직관이 머릿속에서 토막토막 재구성되는 것에 가깝거든요."

전예은이 말을 이었다.

"제가 찬성 씨에게서 본 건 그분이 가진, 그러한 여러 갈래로 뻗어 나가는 가능성의 원천이었어요. 그럴 만한 환경만 조성된다면 무엇이든 간에 평균 이상은 가능하고, 또 주위의 압력에 의해 성장할 여지가 주어지며, 다른 개성을 융합하는 힘이 느껴졌어요."

그러면서 전예은은 미소를 지었다.

"그래서 잉어 이야기를 꺼냈던 거구요."

"……."

역시, 내 생각대로였다.

나는 전예은을 향해 빙긋 웃어 보였다.

"제가 앞서 예은 씨의 이야기를 믿거나 말거나 아무 상관 없다고 했던 거, 기억하세요?"

전예은은 묵묵히 고개를 끄덕였다.

"네, 하지만……."

나는 그녀의 말을 끊었다.

"하지만 저에겐 아무것도 느끼지 못했죠. 하신 말씀을 그 대로 인용하자면 '아무도 밟아 본 적 없는 설원'처럼 '조용하 고 깨끗'하다고요. 그렇지 않습니까?"

"……."

나는 천천히 말을 이었다.

"제가 앞서 찬성 씨의 '분석'을 들었다고 한 건, 예은 씨의 능력이 초능력이건 아니건 저에게만큼은 무관한 것이기 때 문입니다."

"……."

"제가 들은바, 예은 씨는 해당 인물에 관한 분석을 토대로……. 이런 말이 통용될지는 모르겠습니다만, '궁합'이 맞을지 어떨지도 알아내시는 듯하더군요."

전예은은 입을 다문 채 혼란스러워하는 얼굴로 나를 보았다.

"그러면 저를 중심으로, 저와 관계된 다른 사람들과 제 사이의 궁합은 어떻습니까? 그런 것도 느껴지셨습니까?"

내 무표정한 얼굴을 보며, 전예은은 천천히 고개를 저었다.

"말씀드렸다시피…… 사장님께는 아무것도 느껴지지 않았어요."

나는 고개를 끄덕였다.

'그렇겠지. 그녀는 이미 나에게서 아무것도 느낄 수 없었다고 말했으니까. 그건 다른 것도 마찬가지였던 거야.'

그 어떤 전가의 보도가 존재한다 한들, 사용될 수 없다면 무가치하다.

더군다나 하필 전예은이 주장하는 능력이란 '나에게만큼은 적용되지 않는' 결격 요소였다.

나에게 연관된 사람은 어떻게 보이는가?

나와 무관한 부분만 인지가 되는가?

그러니 나로선 극단적으로 말해서, 전예은을 향해 '조현병적 망상'이라는 진단을 내려 낙인을 찍어도, 그녀로서는 반박할 수 없으리라.

아니, 오히려 그렇기에.

가치가 있다.

'전예은이 가진 능력은 그것뿐만이 아니라고 해야 옳겠지.'

아마 그녀의 '능력'은 내게 말하지 않은 것도 있을 것이다.

의도적으로 누락했든지, 아니면 그녀 스스로도 이게 '남다른 것'이란 인식을 하지 못한 것이든지.

그녀 스스로도 조금씩 오해하고 있는 것이지만, 전예은이 가진 능력이라는 건, 희랍 비극에 나오는 신탁이며 예언과는 거리가 멀었다.

'그녀는 미래를 보는 게 아니야.'

그녀의 말에 의하면, 그녀가 아는 건 어디까지나 '당사자의 가능성.'

이는 확정 요소가 아닌, 언제든지 피해 갈 수 있는 '그럴듯한 가능성'에 불과했고, 그녀가 말했던 대로 '인물을 분석하는' 것이다.

그것만 해도 놀라운 일이긴 하지만, 결코 만능은 아니었다.

앞서 그녀는 그녀가 가진 능력을 '냄새'에 비유했다.

하지만 그녀가 느끼는, 소위 '비전'이라고 부를 수밖에 없는 능력은 시각화된 은유로 가득했다.

전예은은 관련해 거듭 '보인다'는 표현을 사용했고, 이는 그녀가 머릿속으로 그녀의 추상적인 직감을 시각화된 정보로 재구성하는 것을 의미했다.

그 정보는 그녀의 주관 속에만 존재하는 것이고, 주관이란 '객관적으로 확정되지 않는' 요소였다.

그녀가 말한 '소름 끼치는 예비 양부모의 정체'는 검증이 불가능한 요소이며.

가능성은 확정되지 않는 불확정 요소에 불과하다.

나는 무표정한 얼굴로 입을 열었다.

"그러면 그 능력이란 저와는 아무 상관도 없는 이야기겠군요. 극단적으로 말해서 전예은 씨가 지구 반대편에 있는 아무개의 죽음을 예측했다고 한들, 저와는 하등 상관도 없는 게 아닙니까?"

"……네. 사장님의 말씀대로예요."

말은 그렇게 했지만.

그럼에도 그녀가 정화물산의 전대 사장의 죽음을 예측해 냈다는 건—그녀의 말이 사실이란 전제하에—모골이 송연해질 이야기이기도 했다.

'……그래, 어쩌면 그녀가 정말로 일부나마 미래를 보는 걸 수도 있겠지.'

하지만 이미 내게 적용이 되지 않는단 시점에선 상관없는 이야기가 되고 만다.

'아니, 그게 가장 중요한 거지만……. 한편으론 그렇기에

다행인가.'

나는 또다시 울음을 터뜨리려는 것처럼 보이는 전예은을 보며 미소 띤 얼굴로 말을 이었다.

"그래도 예은 씨가 제게 도움이 된다는 건 분명합니다."

"⋯⋯네?"

전예은은 내 말이 의외라는 듯 눈을 동그랗게 떴다.

나는 그런 그녀를 보며 미소를 유지했다.

"놀라시는 걸 보니, 저로선 새삼스럽단 생각이 드는군요. 저는 예은 씨가 가지신 능력을 부정하는 것도, 논파하거나 폄훼하려는 것도 아닙니다. 그저, '저에게 있어서만큼은 하등 상관이 없다'는 말씀을 드리는 겁니다."

감각이란 복합적이다. 그리고 감각은 복합적인 작용을 거친 뒤 주관화해 평가된다.

이를 음식에 비유하자면, 음식에 관한 한 그 평가는 미뢰에 직접적으로 와닿는 맛뿐만 아니라 냄새, 온도, 외형, 촉감, 심지어는 환경과 당사자의 경험칙에도 의거하는 법이다.

사실, 전예은은 다른 사람이 무엇을 바라는지, 또 그 인물의 감정이 어떠한지를 읽어 내는 능력 또한 탁월했다.

얼마 전 천희수와 만났을 때도, 그녀는 천희수라는 인물의 됨됨이를 '분석'했고, 그 앞에서 가장 효과적이라고 생각되는 방법으로 스스로를 포장해 냈다.

거기엔 그녀가 가진 '능력'이 그녀로 하여금 주위 환경에 반응하는 카멜레온처럼 태도를 바꾸게끔 유도했을 것이다.

'그녀의 능력이 타인의 감정이나 기분을 예민하게 느끼는 것까지 포함한다면.'

세간에선 그걸 두고 '감이 좋다'고들 한다.

전예은은 그러한 '감'이 극단적으로 발달한 케이스라고 보아도 될 것이다.

불과 몇 분 전, 전예은이 내 앞에서 울음을 터뜨렸던 건 타인의 감정을 읽는 능력이 예민하게 발달해 있었던 것이 연관되어 있으리라.

'이래저래 켜켜이 표면장력에 이른 서러움이 나를 계기로 터졌다는 것도 있겠지만.'

한편, 그녀의 관점에서 나란 인물은 예측 불가능한 존재다.

그녀의 말에 의하면 나는 '새하얗'다. 그렇기에 그녀는 정작 내가 무엇을 바라는지, 나로 하여금 무엇이 바뀔 수 있는지는 알지 못한다.

내가 평한 그녀의 '근시안적 모습'은 그녀가 나라고 하는 변수 x값을 예측할 수 없기 때문이며, 그녀가 인지하는 세상 바깥의 것이기도 했다.

그런 그녀가 내게서 보는 건 내가 가진 표면적인 모습일 뿐이었고, 그녀는 나로 하여금 그녀가 가진 능력의 차감과 그녀 스스로의 주관이 헝클어지며 스스로 나에 대해 '오해'하고 있었다.

'그 감에 의존해 살아온 것이 내 앞에서는 통하지 않았으니까.'

결국엔 감정이라는 것도 주관적인 것이므로.

그녀는 내가 의도적으로 지어 보이는 표정만으로 '이만하면 분위기가 나쁘지 않다'는 분석을 하고 있단 것을, 줄곧 해 오던 실험으로 약식 검증해 냈다.

실제로, 전예은은 지금 계속해서 바뀌는 내 태도에 혼란스러워하고 있었다.

그렇다곤 하나.

'머리가 좋은 건 초능력이랑 상관없지.'

그녀는 그녀의 가치가 모종의 초능력에 있다는 생각을 하고 있는 모양이지만, 그것이야말로 아이러니한 자의식과잉이었다.

나는 이쯤 해서 몸을 일으켰다.

"예은 씨, 시간 괜찮죠?"

"네? 아, 그게…….""

"그게 아니면 외근 신청을 받아 두겠습니다만."

내 시선을 받은 전예은은 얼른 소파에서 일어섰다.

"아, 아닙니다. 괜찮아요. 혹시 분부하실 것이 있다면…….""

"좋습니다. 그럼 준비를 마치는 대로 주차장으로 오세요."

어찌 되었건, 전예은의 말이 사실이라면.

그녀가 가진 재능을 이용할 방법은 얼마든지 있으니까.

다음 권으로 이어집니다

암살자 였던 구주

김기세 판타지 장편소설

**죽음의 신에 의해 세상이 어지러울 때
암살자가 소리 없이 다가와 구원하리라!**

가족을 잃고 왕국 변방에서 평범하게 살아가던
전설의 특급 살수 가브

동생이 생존해 있음을 알고 찾으려 떠나지만
그의 앞에 펼쳐진 것은
누구든 구울이 되어 버리는 흑마법의 세상!

세상을 집어삼키는 것이 마신의 계획임을 깨달은 가브는
대항할 힘을 갖추기 위해 나라를 세우고
군주의 길을 걷기로 결심하는데……!

**군주가 된 암살자는 신도 살해한다!
마음 한편이 서늘해질 다크 판타지가 시작된다!**

재벌잡는 국세청

현우 현대 판타지 장편소설

**뇌섹남 팀장님이 발부하는
국세청발 정의 구현 명세서!
『재벌 잡는 국세청』**

서울청 조사4국 3팀장 이태준,
그에게 한 가지 비밀이 있다?
매출 누락, 위조 장부, 조세 포탈, 횡령……
회계 자료에 손을 대면 비리가 보인다!

답은 알고 있어도 증거는 필수!
베테랑 같은 초짜 사무관이 보여 주는
경제사범들과의 치열한 머리싸움!

**자린고비 건물주부터 대기업 회장님까지,
여러분의 비리를 탈탈 털어 드립니다!**

공작가 장남은 군대로 가출한다

로튼애플 퓨전 판타지 장편소설

멸망이 예견된 대륙에서 벌어지는 신들의 한판 게임!
차원을 뛰어넘어 신들조차 때려잡을 게임 브레이커가 나타났다!
『공작가 장남은 군대로 가출한다』

끝없이 몰려오는 몬스터의 파도를 맞아
최후의 최후까지 버티던 이정후, 아니 제이든 레온하르트
10여 년 전, '신의 게임'이라는 이름하에 이계로 떨어진 후
생존을 위해 발악하였으나
제국 최강의 가문까지 말아먹고 드디어 죽음을 목전에 둔 순간!

> 축하합니다. '이정후' 님께서는
> 갓 게임 베타테스터 중 최후까지 살아남으셨습니다.

……이 모든 일이 베타테스트였다고?

최후의 생존자 특전으로
본게임에서 남들보다 10년 먼저 시작하게 된 제이든
전 대륙을 덮치는 몬스터 웨이브에서
오직 '살아남기 위해' 그가 선택한 길은 바로
대몬스터전 최전방 북부군에 자원입대하는 것!

온 대륙에 멸망의 징조가 나타날 때
군대로 가출했던 그가 돌아온다!
강철의 검과 대륙 최강의 신수神獸로 세상을 구원하라!